Narratori Feltrinelli

Paolo Rumiz
Il veliero sul tetto

Appunti per una clausura

Prima edizione ne "I Narratori" giugno 2020

Stampa Grafica Veneta S.p.A. di Trebaseleghe - PD

ISBN 978-88-07-03410-7

Per le citazioni:
p. 55, Sergej Esenin, *Pugacëv*, traduzione di Iginio De Luca;
p. 63, David Maria Turoldo, *O sensi miei... Poesie 1948-1988*, Rizzoli, Milano 2002;
p. 64, George Steiner, *Una certa idea di Europa*, Garzanti, Milano 2017;
p. 117, Italo Calvino, *Il sentiero dei nidi di ragno*, Mondadori, Milano 2002.

Il veliero sul tetto

Il tempo restituito

In tempi normali, avere nostalgia di una quarantena è un lusso da spostati, o da ricchi annoiati. Ma noi non viviamo tempi normali. E allora succede, come è successo a me, di rimpiangere quel tempo. Certo, quando ci hanno riaperto le gabbie mi sono commosso anch'io davanti alla gioia dei ricongiungimenti e delle famiglie che si riappropriavano degli spazi negati. Ma qualcosa non andava. Era come dopo la caduta della Cortina di ferro. Una gran baldoria: e poi? Poi nulla. Oggi il Muro è ancora in piedi, nella testa della gente, ed è diventato xenofobia. Sarà lo stesso anche qui? Vedevo tante persone obbligate ad accettare per stanchezza la stessa vita da pazzi di prima, pur di campare. Sentivo la pressione di forze potenti contro qualsiasi progetto di cambiamento. E un magma di rancori, intolleranza e povertà pronto a riesplodere.

E allora ho ripensato alla speranza contenuta in quei nitidi cieli d'aprile in cui l'uomo aveva dato tregua alla Natura. Ciminiere spente, autostrade vuote, transatlantici fermi, aerei a terra, canti ai balconi, libertà di sognare un domani diverso. Nonostante la tragedia in atto, quanta gioventù, quanta bella energia rivoluzionaria erano contenute in quella visione! E così, quando il cielo si è nuovamente richiuso, portandosi dietro le sue allerte meteo e facendo calare un grigio sipario su tutto, l'angoscia del futuro ha rifatto il nido in me. Sentivo che la memoria di quell'ammonimento irripetibile rischiava di esaurirsi in miliardi di tweet e cadere nel vuoto senza diventare azione, per totale latitanza della politica. Ci stavano spingendo di nuovo in un obbediente letargo, per farci diventare delle ombre.

Così sono scappato sull'isola di San Giorgio, a Venezia, dai miei benedettini. Di nuovo in clausura. Il luogo, abitato da una decina di persone che da almeno due mesi non mettevano piede in terraferma, era lo spazio di quarantena ideale, anche perché lì la Natura aveva già ammonito gli uomini, con la terrificante acqua alta del novembre 2019. Cercavo un posto così, un sensore del cambiamento, dove però l'Invisibile non fosse bandito in nome di un'utopia tecnocratica e dove non trionfasse ancora la Materia a spese dell'Uomo. Io, laico di ferro, avevo bisogno di un rito, anche se era il lumino superstite di un'epoca estinta, anche se il suo messaggio rischiava di essere scritto solo nella pietra. Ebbene, è bastato un giorno, uno solo, perché il resto del mondo, da anormale che era, mi apparisse definitivamente un manicomio. Venezia buia e semideserta diceva che, per la prima volta nella Storia, l'umanità si fermava per paura della morte. E per quella paura accettava di morire ogni giorno.

E così, in quel mirabile spazio claustrale, ho riletto la mia quarantena e ho capito ancora meglio la svolta di consapevolezza che aveva innescato in me, regalandomi il viaggio forse più incredibile della mia vita. Sì, perché nei giorni del lockdown, lo confesso, ho segato le sbarre e sono evaso. È stato molto più facile del previsto. In fondo, anche le prigioni di massima sicurezza nascondono vie di fuga; figuriamoci il lazzaretto di casa propria. Credo sia accaduto anche ai confinati antifascisti di Ventotene: la costrizione, anziché limitare il pensiero, lo liberava, portandolo a uno stato di allerta e di ebollizione permanente. A me ha svuotato le agende, avvicinato i nipotini lontani, dischiuso le ore inestimabili dell'alba e restituito il tempo, offrendomi brandelli di un passato perduto e visioni a tutto campo del futuro. E, soprattutto, la coscienza di essere un privilegiato per il solo fatto di avere un tetto sulla testa e la dispensa piena. L'occasione di riflettere è stata il vero, grande dono di questa pandemia, che non è stata solo catastrofe, ma anche prezioso avvertimento.

Con la scrittura di questo diario di bordo, ho vissuto anche un ritorno all'*ora et labora*, vecchio antidoto contro la depressione e l'accidia: una disciplina delle ore capace di armonizzare le opere e il pensiero, suggerire al nomade la felicità del perimetro e trasformare i più piccoli atti di economia domestica in riti propiziatori della sopravvivenza della Madre Terra. Regola non è regolamento, formulario prestampato, imposizione. È autoregolamentazione intima, convinta, in un quadro condiviso di società civile. L'esatto contrario dell'ubbidienza cieca e della rinuncia alla libertà. Qualcosa che riabilita persino la mascherina antivirus, ne fa un simbolo di rispetto verso il prossimo e le impedisce di diventare, come qualcuno vorrebbe, museruola. Preludio di una vita sottomessa e videosorvegliata.

Temo che in questa vicenda gran parte dei media, bombardandoci di dati sanitari, abbiano alimentato un catastrofismo che ha consentito alla tecnocrazia di fare un test planetario sulla viralità del panico, più che della malattia, aiutandola a verificare la nostra capacità – davvero stupefacente – di accettare come normale, in cambio della salute, una prigione in cui le nostre vite diventavano in ogni istante tracciabili dal web, da droni satelliti e ronde sanitarie di ogni tipo. Il tutto, con l'effetto di azzerare l'attenzione sugli altri problemi del paese e di favorire un gigantesco depistaggio rispetto all'urgenza di rivoluzionare le nostre vite in senso decisamente più frugale e ambientalista. Una sfida che esige una leadership completamente nuova, non più complice del saccheggio e capace di resistere alla crescente pressione delle lobby delle energie non rinnovabili. È un motivo in più per ringraziare il giornale "la Repubblica", per il quale ho liberamente scritto gran parte di questi appunti e che in quei giorni di primavera mi ha offerto lo spazio di un controcanto, in un clima irripetibile di intesa, calore e amicizia.

Venezia, monastero di San Giorgio Maggiore
maggio 2020

Quell'improvviso silenzio del mondo

12 marzo

Ieri, verso le cinque, dopo tante notizie contraddittorie, lo spavento è arrivato di colpo, assieme al diktat. Tutti a casa. Il vento letale della Cina entrava nelle nostre vite. Nel giro di un'ora strade vuote, spettrali, come per un allarme aereo. Tra il mio appartamento e il negozio di alimentari solo due anziani con nipotini, un cinese con mascherina e quattro afghani (o pakistani?) a svuotare immondizie. Guardavo a tutto questo con sorpresa, respirando la mia ultima aria libera in un tramonto magnifico, con le Alpi oltremare.

Una fioraia mi aveva chiesto: "Non la angoscia tutto questo silenzio?". L'avevo guardata allibito. Non mi ero accorto di quanto velocemente Trieste si fosse svuotata delle voci e di come nuove sonorità cominciassero a possederla. Poi, quella stessa sera, la Protezione civile si è spinta fin nelle frazioni più sperdute del Carso con auto munite di megafoni, e si sono uditi echi lugubri nel bosco. Parole come "È severamente proibito" già spaventavano pernici e caprioli.

Prima del "tutti a casa", ero uscito in bici per l'ultima volta. Al mattino la pista che porta in Slovenia era ancora un lieto pellegrinaggio di gente in fuga. Cielo pulito, niente scie di aerei. Il mondo rallentava, era ora; eppure mi vergognavo un po', pensando a chi era costretto ad accelerare per consentire a noi privilegiati il lusso della lentezza. I medici, in primo luogo, chiamati nell'inferno della Lombardia devastata dall'ecatombe. Ho ancora davanti agli occhi l'immagine di un'infermiera stremata che dorme a fine turno, con la testa sul tavolo.

Poi ho saputo che la Slovenia stava già chiudendo la frontiera. I suoi contadini piazzavano pietre anche sui confini minori, contro di noi. Li capivo. Mi dispiaceva un po' che si illudessero di stoppare i microbi con una sbarra. Mi dispiaceva meno per i sovranisti di qui, che fino a ieri volevano alzare muri con la Slovenia per via dei migranti. Ben gli stava. Ma che patetica, doppia illusione. Squallida imitazione di una Cortina di ferro, in cui non si capisce più chi blinda chi.

Da oggi, chiunque vada in giro deve esibire la sua autocertificazione. Siamo allo Stato di polizia? Mi chiedo se l'ultraliberismo che abbiamo votato ci stia portando alla fine della libertà. Ma temo che solo la paura possa far sì che la gente capisca.

Marco, compagno di scorribande di penna e di scarpone, mi scrive dall'Irpinia: "Si militarizza l'Italia perché gli italiani non sono in grado di recepire il pericolo. L'egoismo prevale. L'Italia è a pezzi. Solo le imposizioni la tengono allacciata, e a gestire la situazione c'è la peggiore classe dirigente dell'ultimo secolo, con la peggiore opposizione immaginabile".

Mah. Qui è tutta l'Europa che fa gli affari suoi. Ogni Paese si muove per interessi nazionali. Reggerà l'Unione?

Sognavo da tempo un simile momento sabbatico, per concentrarmi sulla stesura di un libro dedicato al mito di Europa. Devo coglierlo al volo. L'agenda si è svuotata. Saltati viaggi a Dublino, Venezia, Parigi, Vienna, Granada. Non ho più scuse per rinviare: ho tutto il tempo che voglio.

Non c'è niente di più bello di un lavoro all'inizio. Si esita, si rinvia, si assapora il tempo sospeso, si riordina il comodino strapieno, si sgombra il tavolo da lavoro anche per pulire gli scaffali della mente. Ma quando provo a cominciare constato che la mente si inchioda come un mulo, impedisce fughe letterarie, rifiuta di dedicarsi ad altro che non sia il presente. Sono posseduto dalla quarantena. Metto a bagno i fagioli e penso. Guardo dalla finestra e prendo appunti. Impasto farina e lievito e scrivo. Mi sveglio, e il comodino si riempie di foglietti volanti. I pensieri escono a torrenti, e la casa li amplifica come una cassa armonica. Tanto vale provare a buttar giù un diario, un giornale della quarantena. Un bollettino di pensieri da fermo.

Ci provo, e subito i fogli si riempiono senza fatica. Stento a credere che tante cose possano accadere in uno spazio dove la frontiera è la porta di casa e, talvolta, la pelle del proprio corpo.

Ho scelto l'autoreclusione totale. Non mi muoverò di casa. Ho settantadue anni, appartengo alla categoria "a rischio", e devo dare l'esempio. Fa la spesa Irene, che ne ha ventidue di meno, con tutte le precauzioni del caso. Guanti, disinfettante eccetera.

Al rientro dalla sua prima perlustrazione racconta che nelle code alle casse del supermercato si respira una certa tensione da contagio, e spera che questo segni la riscossa dei piccoli negozi. Meglio le panetterie, le pescherie, i fruttivendoli tradizionali, dove si fa la fila all'aperto.

Intanto la credenza diventa una cambusa. Trionfano pasta e salsa di pomodoro, come in barca a vela. Ascolto la radio con devozione, a ore fisse, come Radio Londra sotto il fascismo. La tv non esiste nemmeno, non ce l'ho da anni. In momenti simili produrrebbe confusione ansiogena. Conto su una rivincita della voce sulle immagini. In momenti così si ha bisogno solo di parole. Poche e chiare. Niente effetti speciali, niente bla-bla su un evento così misterioso. Navigo molto meno in internet. Ho bisogno di voci, e preferisco telefonare.

Chissà quando rivedrò i figli e i nipotini lontani. Il mondo è ridiventato grande di colpo, con la limitazione dei movimenti. Ma contemporaneamente si è rimpicciolito, perché ci si chiama più di prima.

"Torno domani, con l'ultimo volo disponibile," mi scrive Fulvio, in vacanza a Cuba con la moglie. "Ma se fosse per me resterei, e senza nessuna data di rientro." Monika, per lavoro in Sierra Leone: "Non so cosa fare, se tornare dai figli o rimanere. Il posto qui è magnifico". Mi manda una foto del tramonto sul mare, come per convincere se stessa, ma poi salta sull'ultimo volo per l'Europa. Le hanno spiegato che in Africa sta per arrivare il peggio. E intanto Robert, da New York: "La crisi del 2008 non cambiò le cose, gli Stati salvarono gli speculatori. Oggi no, trema tutto il sistema. Mutazione irreversibile".

Sì, ma abbiamo una classe politica capace di imparare la lezione? Guai se tutto questo non servisse a niente.

13 marzo

Code mostruose di camion al confine sloveno da Gorizia a Trieste. Altrettante fra Slovenia e Croazia. Il mondo è un convoglio che si ferma. Ne sento il cigolio. Scenari di autarchia al tempo della globalizzazione. Il virus va dove vuole ma le frontiere si chiudono, è ridicolo. Il naufragio di Schengen lo senti da qui, non da Milano o Roma.

Da Trieste ho visto l'autodissoluzione dei Balcani e ora assisto alla balcanizzazione dell'Europa. La balcanizzazione non è solo guerra e barbarie. È far credere ai babbei che il male venga solo dallo straniero. È la presunzione di essere immuni da qualcosa di maligno che invece ci abita ed è ovunque. È il fascino dell'autoassoluzione che spiana la strada ai fascismi. Le nazioni si blindano causa pestilenza, invece di dar prova di unità nel mal comune. Ha senso? Sento clangore di spranghe e chiavistelli ovunque. La macchina dei reticolati si è rimessa in moto. E nessuna voce autorevole, indiscutibile, che si levi sopra tutto questo e dica: "Popoli d'Europa, basta, o sarà il crollo". Come nella Grande guerra.

Su uno scaffale ho un pezzo della sbarra di confine italo-sloveno che, in una festa memorabile su un piccolo valico agricolo, sezionai con una robusta sega da fabbro ferraio per farne dei souvenir con gli amici dell'altra parte. Sotto c'è scritto un bel *grazie* per il lavoro svolto negli anni allo scopo di abbattere quella divisione. E c'è una data: 20 dicembre 2007. Fu quella notte che, mezzi ubriachi, in una promiscuità dionisiaca, celebrammo l'inizio di Schengen sulla mia frontiera. L'Europa e il suo mito erano tra noi.

Oggi l'edificio crolla. Che malinconia. La polizia dei nostri vicini è talmente impegnata a bloccare chi entra che non ha tempo per quelli che escono. Così i migranti, sopravvissuti agli orrori della rotta balcanica (fucilate e sevizie in Erzegovina e Croazia), arrivano come e più di prima. E, una volta qui, si ritrovano imbottigliati, senza potersi spostare e senza nessuno che si occupi di loro. Vagano per le strade. Salvo pochi volontari, la città finge di non vederli e l'Italia ha altre priorità. Non c'è tempo per "loro", oggi che dobbiamo pensare a "noi".

Ma intanto si innesca una bomba umanitaria di portata inimmaginabile. Una sacca di poveri cristi. Nemmeno a Roma lo capiscono. Al governo vedono solo gli sbarchi in Sicilia, perché solo quelli fanno audience. E la polizia di frontiera, con pochi mezzi, non sa come uscirne. Gorizia, che ha il confine in mezzo, è di nuovo divisa. Polizia e milizia territoriale slovena sono tornate sugli stessi posti di blocco del 1991, quando iniziò la tragedia jugoslava. Tornano anche gli anni cinquanta, clima da guerra fredda. Intorno, sui colli dell'Isonzo, le trincee della Grande guerra dicono che dal 1915 è sempre lo stesso fronte che si riforma, ostinatamente.

Torna attuale un profetico manifesto di Marina Abramović – "Siamo tutti sulla stessa barca" – lanciato nel 2018 per la più grande regata del Mediterraneo, la Barcolana, che si svolge a Trieste. Allora la destra locale, con in prima fila il presidente della Regione, ne impose il ritiro, pena il taglio dei contributi pubblici. Era scandaloso per quella gente affratellare le barche dei "nostri" con quelle dei migranti. La sinistra cedette. Se non l'avesse fatto, oggi potrebbe ricacciare in gola quell'ostracismo a chi sappiamo. Altra occasione persa.

Intanto non arrivano più navi da crociera, evviva. Pare che ne faranno dei lazzaretti naviganti, cosa che in fondo sono sempre state. Se muori a bordo, il viaggio non si ferma: ti mettono in cella frigorifera e ti sbarcano alla fine. Alla Fincantieri di Monfalcone i lavori di costruzione dei giganti da cinquemila passeggeri rallentano. Gli operai del Sudest asiatico, chiamati per abbassare i costi, restano a bagnomaria e bighellonano per strada, lasciando le mogli a casa. Ma gli "indigeni" sono stanchi di loro, non della Fincantieri che li sfrutta. E votano a destra.

14 marzo

Quattro del mattino. Una donna sola urla nel silenzio. Frasi sconnesse, forse contro qualcuno che le deve dei soldi. L'individuo è già sotto stress. Se non avessi la disciplina della scrittura, io stesso vivrei sbalzi continui fra l'ottimismo e il catastrofismo, il catatonico e l'iperattivo. L'inconscio freme. Faccio sogni kafkiani, pieni di corridoi vuoti, e la sera mi prende troppa voglia di vino e cioccolato. La reclusione a due spinge l'umore dell'uno ad avvitarsi su quello dell'altra.

Ne parlo con Lucia, un'estrosa psicoterapeuta. Le chiedo come reagiremo e che faccia avremo alla fine. Canteremo ancora ai balconi o ci spareremo fra noi, come gli americani che, in vista del peggio, sono corsi a comprare bazooka? La società può disintegrarsi? Ci rimboccheremo le maniche o vincerà la disperazione? "Caro Paolo," risponde, "in noi si agitano insieme l'istinto di vita e quello di morte, ma in modo diverso, per cui ciascuno reagisce a modo suo alle situazioni estreme. La povertà avrà su tutti un effetto incendiario. C'è chi impazzirà e chi starà meglio, chi vedrà esplodere o implodere un'aggressività accumulata, e persino chi nella costrizione si sentirà più tranquillo per un bisogno atavico di schemi."

Alessandro, un carnico, mi ha appena scritto che quando da ragazzo catturava passeracei, i crocieri, le peppole e le pispole reagivano alla cattività in modo completamente diverso. I crocieri in pochi minuti si mettevano tranquilli, le peppole facevano il diavolo a quattro per giorni, le pispole morivano in massa. Ci vuole poco a capire, dice, che "le reazioni alla chiusura forzata possono essere le più diverse", eppure c'è chi pontifica emerite stupidaggini, come un famoso pediatra che, parlando alla radio pubblica regionale, ci spiega che "i bambini non hanno bisogno di uscire di casa per andare all'aria aperta, sono gli adulti a inventarsi questa necessità per loro tornaconto".

Il mondo si è rovesciato. Gli amici di Bosnia sono in pena per noi. Quasi trent'anni fa eravamo noi in pena per loro. Amela, musulmana, scrive: "Coraggio amici italiani, so che non mollerete. L'amore si sperimenta solo quando si ha paura per il prossimo. È la testimonianza dell'amore originario". Già. Si resta a casa non per se stessi, ma per gli altri. Per non intasare gli ospedali e non mettere in pericolo qualcuno. Grazie Sarajevo.

Si attivano contatti da balcone a balcone, come a Napoli. Quello di Eleonora è a tre metri dal mio, distanza regolamentare. Ci facciamo un caffè ciascuno nel suo perimetro, chiacchierando. Lei organizza eventi musicali e assiste come me allo smantellamento dell'agenda. Il mondo dello spettacolo è in apnea, ma almeno si è tutti coscienti di vivere un momento chiave. "Si torna a ragionare in termini di bene comune. Era ora."

Eleonora lavora fino alle quattro del mattino, lo vedo dalla sua finestra illuminata. La clausura spinge all'invenzione, e lei sta covando un'idea pazzesca: un megaconcerto in streaming da dedicare a Erik Satie, titolo *Satie-Pandémie*. Le rispondono pianisti da tutto il mondo. Sento germinare qualcosa di unico.

15 marzo

Sotto casa mia c'è via del Lazzaretto. Un nome vecchio di tre secoli. Dice che la cultura della quarantena esisteva, ed è scomparsa. Giorgio, un amico di mio fratello, ha appena trovato in un cassetto uno scritto, altamente profetico, pubblicato nel 2008 da suo padre medico. Vi si legge che le pandemie sono la normalità, le strategie per contenerle antiche. Con tutta la nostra scienza, penso, siamo diventati più vulnerabili semplicemente perché abbiamo perso la memoria. A suo tempo l'influenza detta "asiatica" fece milioni di morti, senza però mettere mai il mondo nella condizione di fermarsi. Come mai stavolta siamo alla paralisi? Come mai questo affanno a trovare le giuste contromisure? A partire dall'attentato alle Torri Gemelle, siamo così schiacciati dalla cultura dell'allarme permanente che abbiamo dimenticato il prevedibile. L'attitudine a fronteggiare le pandemie si è persa, salvo poche eccezioni, come il Veneto, dove un grande virologo, Andrea Crisanti, ha fatto immediatamente isolare i focolai, impedendo il ripetersi dell'ecatombe lombarda.

Gianfranco Sinagra, primario di cardiologia a Trieste, giudica la tenerezza uno strumento terapeutico così importante da dedicarle addirittura seminari. Questo non gli impedisce di guidare uno dei reparti ospedalieri più efficienti d'Italia e di avere una visione ben chiara di quanto sta succedendo. Mi spiega per iscritto che, oltre la sofferenza dei pazienti e la solitudine di chi muore, oltre lo stress dei reparti, oltre gli angeli, i martiri e gli eroi, oltre l'abnegazione e la passione, oltre la disperazione, la paura e i fallimenti, oltre questo coacervo di fattori umani scatenati dall'emergenza, si impone il dovere morale di analizzare "con serenità e spirito critico", ad allarme rientrato, "le falle enormi di un'organizzazione che in molte aree non ha saputo prevedere e contenere, isolare e organizzare", falle che hanno causato "un contagio diffuso non governato e non governabile" in un mondo dove gli spostamenti hanno raggiunto il parossismo.

Siamo così rovinati dalla tecnologia che, se incontrassimo un medico che ci parla dell'importanza della tenerezza in corsia, penseremmo subito a un cattivo medico. Eppure non è mai stata così importante per il personale sanitario, che per la prima volta si trova di fronte a pazienti lasciati soli dalle famiglie a causa dell'isolamento. Racconta la dottoressa Rossella Stacul, in prima linea sul fronte del Covid-19: "Il momento della vestizione è pesante e carico di tensione, divento un marziano bianco per il paziente chiuso nella stanza di isolamento. Poi devo cercare il tono, le parole giuste e confortanti per fargli accettare la solitudine e l'attesa del verdetto. Chiudere la porta è angosciante, perché sento di abbandonarlo anche se il monitor dei suoi parametri vitali in guardiola, il parlare al citofono o attraverso la porta mi consolano. Il paziente è spesso bravissimo e aspetta senza lagnarsi... Il momento più bello è quando entro con il camice, libera da visiera e cappuccio con le braccia aperte per un abbraccio virtuale e urlo che è tutto negativo, e ogni volta gli occhi di entrambi si guardano commossi. Impagabile, quell'emozione".

16 marzo

Maria, la nonna dei miei figli, oggi ha chiuso gli occhi in una casa di riposo senza poter vedere nemmeno le figlie che fino all'ultimo l'avevano seguita con dedizione. Curata quanto si vuole, ma sola proprio nei giorni estremi, fiera come sempre – fino all'ultimo non ha detto nemmeno al medico la sua vera età, che era tanta.

Abbiamo nascosto la morte per decenni come una cosa immonda. Ora ce la siamo fatta rubare definitivamente. Gli anziani ricoverati non possono più ricevere visite e molti diventano spettri già prima di andarsene. Mi dicono dalla Lombardia che la stragrande maggioranza delle vittime della peste è fatta di nonni, talvolta bisnonni, che prendono il volo senza poter stringere la mano a un familiare, il più delle volte già sedati.

Si muore da soli, come gli annegati del Mediterraneo, che spesso non lasciano dietro di sé nemmeno il nome. Non si fanno più funerali, e c'è chi accende candele, o bastoncini di incenso, per tenere viva la memoria; ma il mondo sembra lasciarsi alle spalle uno sterminato esercito di dimenticati, destinati però a tornare, a nostra insaputa, come i *dibbuk* del mondo ebraico.

Quando lo tsunami del 2011 in Giappone si portò via ventimila persone in pochi secondi, i sopravvissuti si trovarono di fronte all'insopportabile, all'impossibile, all'insensato. Molti, impietriti, rimossero il lutto, ma a distanza di anni furono preda di incubi e possessioni e dovettero ricorrere a monaci per sottoporsi a esorcismo. Nella cultura del Sol Levante si crede che i morti di morte violenta, in stato di collera o angoscia, possano diventare *gaki*, spiriti "affamati" capaci di seminare guai e sventure.

La sofferenza va accolta, se no non la superi. Giorgio, un amico pediatra, mi illumina un angolo visuale importante: "Per un nonno o una nonna che se ne va, ci sono uno o più nipoti che restano senza. Ma l'hanno saputo? E come?". Così la morte è spesso tenuta nascosta ai bambini. Si pensa: "È troppo piccolo, non vorrei che soffrisse, non so cosa dire, aspettiamo". È comprensibile, ma anche sbagliato. "Ai bambini bisogna parlare. Se non fanno domande a noi, se le fanno da soli. Spesso si attribuiscono la responsabilità di quanto è accaduto. Coltivano pesi, e ne manifestano i segni." La conclusione è che "della morte e della sua celebrazione abbiamo bisogno, noi come loro. Noi grandi come i piccoli. La sua presenza è necessaria alla vita, per darle forma, senso, direzione".

Sì, il bollettino della clausura sta diventando più interessante delle notizie sul virus. Registra una mutazione importante, al termine della quale non saremo più gli stessi. Il "macro" si rispecchia nel "micro" come una decalcomania. Officiando i riti del quotidiano l'uomo avverte la sua nullità rispetto all'Immenso che lo circonda, ma contemporaneamente la sua centralità responsabile nel garantire la continuità del mondo.

Sto cambiando pelle, lo capisco dai pensieri che sgorgano a velocità pazzesca, più in fretta della mia capacità di organizzarli in scrittura. Ho un tavolo pieno di appunti divisi a mazzetti, per argomento, e non so se riuscirò mai a smaltirli. La mente va a mille anche da ferma. Ho finito i taccuini e non ho possibilità di rifornirmi di nuovi. Così, attingo a fogli A4 già scritti su un lato, che divido in quattro e uso dalla parte bianca. Il contenitore della carta destinata alla raccolta differenziata è vuoto per la prima volta da anni. Vorrà pur dire qualcosa.

Dove sono finiti i gabbiani? Sembrano temporaneamente emigrati. Quelli rimasti urlano la loro fame formando un vortice sulle vie del centro. Impazziscono, privati degli avanzi della movida. Invadono le strade, come le scimmie thailandesi rimaste senza turisti. Circondano i vecchi con la borsa della spesa. Sbranano vivi i piccioni, pure essi alla fame. Basta e avanza per capire i disequilibri del Pianeta.

Ma la bora porta odore di bosco, pulisce l'aria, spinge creste bianche al largo. Le Nereidi! Pensieri omerici e senso di riequilibrio nella natura. Il mondo è sfebbrato, respira, dice le ragioni di Greta. Dalla terrazza lievitano le Alpi oltremare. Pare di essere in barca. Si naviga di bolina. Impossibile soffrire di claustrofobia.

In serata passa una formazione di due-trecento oche selvatiche. Riesco a filmarle e a registrarne i richiami. Per loro sarà una traversata memorabile, senza cacciatori in agguato. Accendo il fuoco. Irene sforna due filoncini coperti di semi di sesamo. Nei negozi il lievito è sparito, segno che tanti fanno il pane in casa. Riscoperta della lievitazione, dell'attesa e della pazienza. Odore buono in casa. Stasera asparagi e uova sode.

17 marzo

Qui come altrove, infermieri e medici di reparti "tranquilli" chiedono di essere spostati in prima linea. Eroi "normali". Ne ho viste di guerre e so che in guerra l'umanità si svela, con poche vie di mezzo. O uomini o conigli. Succede anche col virus. Da una parte quelli che sentono la chiamata. Dall'altra i codardi, i falsi, i seminatori di zizzania. Quanta bella gente tiene in piedi questo Paese, nonostante l'acrimonia degli imboscati.

Nei mesi scorsi sono stato in cura nel reparto, vedi un po', di pneumologia. Nonostante i tagli del personale, mi hanno accudito con una professionalità e umanità che tanti altri Paesi si sognano e alla fine mi hanno guarito giusto in tempo per evitare questo maledetto virus. Dopo quell'esperienza sono ancora più orgoglioso della sanità italiana. Un servizio dove le donne sono un pilastro. L'accoglienza è femmina.

Come la morte, ora anche la nascita diventa solitudine. Federica, ginecologa all'ospedale infantile di Trieste, mi racconta: "In tutte le culture del mondo, il parto è un atto corale, da sempre. Con il Covid-19 le donne devono affrontarlo da sole, il che è particolarmente grave per le immigrate, che dell'ospedale hanno una paura atavica. Anche la gravidanza si consuma in isolamento, senza la condivisione con altre mamme, in un rapporto solo virtuale con il consultorio. È un aspetto doloroso, inedito dal punto di vista emozionale". Poi, ovviamente, la vita va avanti lo stesso. I bambini nascono, e sono pure immuni dal contagio. Nemmeno la pandemia può limitare l'accesso alla sala parto, l'ostetricia resta in prima linea e il suo personale è molto provato. Specialmente in Lombardia, epicentro del disastro, dove alcuni medici hanno perso la vita.

Dall'Emilia sento Kindi, esuberante ginecologa immigrata dal Congo, che si è specializzata lottando duramente contro il pregiudizio: "Per troppo tempo la sanità ha pensato solo al bilancio dell'oggi senza guardare al domani: ragioniamo come se, esaurita l'età produttiva, la vita fosse finita. Spero che questo trauma ci svegli, ci porti a pensare alle generazioni che verranno. Bisogna sostenere le persone di buona volontà. Raccontare le loro storie, che restano troppo spesso nell'ombra. Fare un salto di qualità anche narrativo".

Da Treviso mi chiama Antonio, professore di lettere alle superiori e in prima linea sull'ospitalità ai migranti. Da quando c'è la peste e gli tocca insegnare online, punta tutto sull'educazione civica. Le regole, lo Stato, la responsabilità. Ma soprattutto, "la necessità di uscire dall'io per abbracciare il noi". Il resto passa in secondo piano. Ogni tanto deve tuonare per rimettere in riga i più indisciplinati. Buon dio, si rimane a casa non solo per se stessi, ma anche per gli altri. Capirlo è la grande discriminante. Libertà non è fare ciò che si vuole.

Ogni giorno, nella piazza della stazione, un gruppo di volontari va a nutrire e curare i disperati in arrivo dai Balcani. Sono guardati a vista (ieri, tre auto della polizia e tre dei vigili) e tollerati solo perché svolgono un lavoro che spetterebbe al Comune. È chiaro anche alle pietre che lasciare in balìa del virus persone debilitate e prive di riparo e di accesso all'igiene diventa un problema sanitario per tutti, ma il vicesindaco della Lega egualmente ha sparato in pubblico su questa brava gente. L'interesse elettorale ignora la tutela sanitaria generale.

Lorena cura i piedi piagati, sembra Cristo che lava quelli degli apostoli. Azra, bosniaca che a suo tempo fu profuga, non ha perso la memoria e distribuisce tè e biscotti. Gianandrea porta panini, arance, mandorle e cioccolato. Ha ottantadue anni, età a rischio massimo, ma non si tira indietro: "Come faccio a restare a casa, se per strada c'è questo?".

18 marzo

Ore 6.30. Miracolo dell'alba. Ho la casa rivolta a nord, in questa stagione cattura il sole per un'ora di primo mattino. Eccolo, dardeggia. I passeri lo salutano. Per sentirne il calore sulla pelle devo sporgermi dal terrazzo. È quanto basta perché mi senta fortunato. Pregare non è chiedere per sé, ma ringraziare per ciò che si ha. Eucaristia è ringraziamento, se è vero che in greco "grazie" si dice *efharistò*. E ci voleva la peste per farmi recitare, oggi, qui, davanti al mio Carso e al mio mare, una litania di ringraziamento alla vita, qualcosa che va oltre la gratitudine verso medici, infermieri, camionisti, pubblici ufficiali, bottegai, i tanti eroi anonimi che si spendono in quest'ora tragica.

Ringrazio per l'albero di Giuda che torna a fiorire, per la neve delle Alpi, per la bora leggera e il profumo di viole nell'aria.

Ringrazio per i miei vecchi, che mi hanno insegnato che chi ha avuto tanto deve dare tanto, e per i nipotini che mi obbligano a essere vivo e a giocare ancora.

Ringrazio per la natura che esiste anche senza di noi e ci bussa alla porta ogni giorno, per questa clausura che mi fa sognare montagne e praterie, e per la nostalgia di una stretta di mano.

Ringrazio per la meraviglia degli sguardi intensi con cui oggi ci salutiamo a distanza, per il desiderio di toccare chi amo, e per il cielo che mi fa dimenticare la tirannia dello schermo.

Dico grazie, anche, per il pane appena sfornato, per il mio zaino ricco di viaggi e di storie, e per il privilegio del mio mestiere, che mi fa sentire l'Altro più vicino.

Ma grazie soprattutto per il silenzio ritrovato, un silenzio che è canto, preghiera e padre del Verbo creatore. Silenzio che mi fa sentire la polifonia della natura e mi strappa dalla tirannia dell'apparire.

Grazie, di conseguenza, per i suoni, per il vicino che canta *La donna è mobile* dal terrazzo e i segnali radio che ogni sera mi arrivano dal mondo.

E grazie, infine, per l'eco restituita dell'umanità che mi circonda, per la voce flebile dei malati e degli ultimi, che mi aiuta ad abbracciare chi non ha.

L'alba sembra non arrivare mai

19 marzo

Notte tiepida, sensuale. L'alba sembra non arrivare mai. Storie di bare accatastate, di colonne di camion militari che se le portano via nel buio, di ospedali che per i vecchi hanno solo morfina. Ancora ieri si cantava ai balconi, oggi solo tamburi da marcia funebre. È un rullio sommesso che arriva da lontano, portato dal profumo di viole.

Come dopo il terremoto di Amatrice, con quelle macerie su uno sfondo di nevi immacolate, viviamo una contiguità totale di bellezza e orrore. Giorno dopo giorno, vita e morte si affrontano come due scarmigliate megere. Ma è tutta una finta, perché Demetra e Persefone – la dea delle messi e quella dell'oltretomba – sono due facce della stessa divinità: la Natura. Anche Corona, la regina nera, è natura. In fondo, per seminare e seppellire si fa sempre lo stesso gesto. Si scava un buco nella Madre Terra.

Ma almeno, quella che ci attanaglia è una paura vera, fondata. Una grande paura che si mangia tutte le piccole paure. Fesserie come perdere i dati del telefonino. Corona mette tutti in riga, ridicolizza le stupidaggini, a partire dalle balle del sovranismo. Viva i confini? Il virus se ne frega. Le autonomie regionali? Hanno creato il caos. Prima gli italiani? Ora anche gli africani ci girano al largo. Chiudere i porti? Stavolta li chiudono in faccia a noi. Pericolo islamico? No, cinese. Via gli stranieri? Pare che manchino trecentosettantamila braccia immigrate per far quadrare il Pil agroalimentare. Già, come mai nessuno ne parlava prima? Asparagi, fragole e kiwi marciranno a terra.

Ma i rancorosi non si rassegnano alla disfatta, cercano in tutti i modi di recuperare terreno addossando agli ultimi, stremati migranti il ruolo di potenziali untori. C'è da giurare che al primo clandestino contagiato (da noi) riprenderanno a berciare.

Due settimane è il tempo necessario per sentirsi fuori pericolo rispetto all'ultimo "contatto". E noi, appunto due settimane fa, il 4 marzo, noi della pattuglia che per "la Repubblica" aveva ripercorso l'Appia antica, eravamo tutti a Roma per l'annuncio in pompa magna dell'avvio dei lavori di ripristino.

Durante quella cerimonia avremo stretto decine di mani. Era impossibile sottrarsi: congratulazioni per il sogno realizzato, abbracci, brindisi, calore italiano, il tutto in una sala strapiena. Non c'era amuchina al mondo che potesse proteggerci. In quello stesso momento il Consiglio dei ministri, poco più in là, varava le prime misure di emergenza. E così la percezione del pericolo corso ci è piombata addosso già il giorno dopo, mentre tornavamo a Trieste in un treno deserto. Lì si è capito che il tempo della leggerezza era finito. E oggi, scoprirci ancora sani è una constatazione che porta poca gioia.

20 marzo

Mi chiama Manault Deva, una scrittrice parigina che ho conosciuto qualche anno fa. Si è messa al sicuro in campagna, ma è inferocita con i suoi connazionali che continuano a far finta di niente: "Qui regna la promiscuità più demente, nei negozi e per strada. E se la gente mi vede uscire con la mascherina, manca poco che mi insulti". Laurent, corrispondente di "Ouest France" da Roma, si sgola da settimane con la sua redazione per spiegare il pericolo, ma vince l'incredulità.

Visto dall'Italia, Macron è apparso finora come un pazzo incosciente, a capo di un Paese che si crogiola in un'idea di *grandeur* applicata agli anticorpi, anticamera di una presunzione suicida di invulnerabilità. *Vive la différence*, d'accordo, è bello che voi francesi siate diversi da noi, ma il virus se ne frega della vostra diversità.

Sabina scrive dalla Gran Bretagna: "Qui tutto continua col solito insopportabile *Keep calm and carry on*. Sensazione chiara di essere nelle mani di incoscienti. Scuole aperte, concerti confermati. Ma il servizio sanitario è in ginocchio già ora, figurarsi domani". Ah, cari inglesi, avete votato Johnson e ora tenetevelo. Non potevate scegliere un momento migliore per uscire dall'Europa.

Tiro fuori da uno scaffale *I sonnambuli* di Christopher Clark. Racconta lo stato di confusione mentale con cui i governanti arrivarono a una Grande guerra che nessuno voleva. Non vedo molta differenza con quelli di oggi. Johnson a Londra manda un popolo intero allo sbaraglio. La Spagna ha fatto movida fino a ieri. La Francia si crede immune. La Svizzera ha lasciato entrare e uscire per settimane duecentomila lavoratori frontalieri. La Germania, col virus già in Baviera, ne ha parlato solo dopo il carnevale, per non fermare l'economia; poi si è messa a controllare soltanto quelli che arrivavano da Italia e Cina. Ora anche la Merkel ha paura.

E così, di fronte all'incoscienza generale, il nostro Paese recupera punti su punti nonostante i suoi storici difetti. Il latino definisce magistralmente *deterrima comparatio* l'opportunità di brillare per pochezza altrui. E così, da untori, eccoci diventati esempio di autodisciplina, solidarietà e tenuta morale. Il tedesco Henning Klüver, free lance con base a Milano, sta postando belle "Lettere della clausura" su di noi, ed Esther, tedesca anche lei, si dichiara "felice di vivere in Italia proprio in questo momento".

Mi arriva un filmato girato da un'auto che attraversa una Trieste spettrale, deserta. Colonna sonora: *The Sound of Silence*. Qui a Nordest tutti hanno capito. Ma anche a Reggio Calabria, che non ha tradizioni asburgiche, la gente riga dritto. Strade vuote, o per paura o per autodisciplina. E gli amici francesi, increduli, commentano: "*Impressionnant*".

21 marzo

Sveglia alle tre di notte. Insonnie dell'età. Leggo a letto con lampada frontale per non disturbare. Grande quiete. Forse per la prima volta sento di accettarmi completamente, con le mie magagne e la mia vitalità in declino, e di essere vicino al nucleo di me stesso. Quanta inattesa umanità nei messaggi ricevuti finora! Molti legami "in sonno" si sono riattivati, a sorpresa, e la domanda "come stai" è uscita dalla sua ripetitività rituale. Dire "ti abbraccio" si carica di forza carnale quasi eversiva, rivoluzionaria. Riemergono volti perduti. Sì, noi siamo tutti coloro che abbiamo amato. Esco in terrazza. Aria pulita, freddo secco e buono. Mi chiedo che schifo abbiamo respirato fino a ora. Senza di noi il mare ricomincia a vivere, a Venezia nel Canal Grande sono tornati i pesci. Stiamo rinsavendo per trauma, non per saggezza, ma va bene lo stesso.

Bastimenti lunari veleggiano. Frigge la padella delle Pleiadi.

È primavera. Trieste apre le finestre, stende la biancheria. Dalla terrazza sento voci di bambini e una polifonia di stoviglie filtrare dagli appartamenti. L'equinozio, col segno dell'Ariete, è il tempo dell'Annunciazione e della rinascita, ed è il vero inizio dell'anno per molte religioni. La vita chiama, imperiosamente, come chiamò Ungaretti in trincea con un compagno morto sul fronte del Carso.

Scrive Elisa da Genova: "Il mio lavoro è organizzare eventi, dunque per ora sono disoccupata. Eppure, sento di avere un'immensa fortuna. Ho un tetto sulla testa e non ho l'angoscia di cosa mangiare il mese prossimo. Sto bene, posso cantare alla finestra, suonare il piano e vedere il mare. So che tanti stanno peggio di me e mi rendo conto di essere una privilegiata. Sento tutte le emozioni amplificate. Voglio bene anche ai sassi".

22 marzo

Ore 5.20, sveglia col mare frustato dalla bora. La Natura è inferocita con noi e la primavera inizia con Baba Jaga, la strega d'Inverno. Tutto alla rovescia, anche il sonno. Si dorme poco, perché di notte siamo meno frastornati dai media, e allora i pensieri ci svegliano e si riflette su ciò che conta veramente. Che non è solo la sorte di chi amiamo. Ci si chiede se impareremo la lezione, o se i senzatetto troveranno da dormire, oggi che la carità è passata di moda. E l'Europa, resterà in piedi?

Già, l'Europa, eccola riunita solo dalla paura. Ora è il coprifuoco generale. Tutti hanno ballato fino all'ultimo. La Spagna per allegria, i tedeschi per economia, la Francia per *grandeur*, l'Inghilterra per il cinismo di una classe dirigente di privilegiati. E tutti che brillano per spocchia verso l'Est del Continente. Già, chi se ne frega se Corona devasta i Balcani, la Romania o i Paesi baltici?

A rinfrescarmi la memoria ci pensa il letto, che alle 6.24 comincia a ballare per il terremoto di Zagabria. Lì il virus ce l'hanno eccome, oltre che una centrale atomica slovena a pochi chilometri, messa da incoscienti su una linea di faglia col rischio di una nuova Černobyl'. Come se non bastasse nevica, fino a Sarajevo. Cristo santo, il primo che si lamenta perché è costretto a stare a casa, lo meno.

Europa. È stato Piero, il mio capitano, a svelarmi il senso magico di questa parola nell'ultimo viaggio della sua vita. Fu lui a portarci per mare fino in Asia seguendo le costellazioni e cantando Omero in greco antico. Per noi aveva intonato gli *shanties* dei balenieri di Nantucket, fritto padellate di pesce e narrato il mito della principessa fenicia rapita da Giove trasformatosi in toro. Sull'albero della sua barca centenaria aveva issato la bandiera britannica accanto a quella stellata dell'Unione, apposta per contestare la Brexit, e sottocoperta teneva le tragedie di Shakespeare accanto al lume a petrolio, stoviglie di antichi bastimenti e una caraffa di cristallo da whisky. In rada, quando scendeva l'ora viola, suonava il clarino così dolcemente che un giorno dei turchi, sbucando dal nulla, gli portarono a nuoto un vassoio di rakı per dirgli grazie. Era un anticonformista: aveva svezzato i figli in barca e osato dedicare al suo cane labrador il portolano scritto sul golfo di Trieste. Un giorno l'ho visto ballare il tango con una donna su un pontile turco e poi, in piena navigazione, lanciarsi a occhi chiusi in un solitario rebetiko a piedi scalzi sulla coperta inclinata dal vento a trenta nodi.

Eri insieme italiano, greco e britannico, dunque europeo.

Andandotene, non hai lasciato un vuoto, ma una nitida scia traslucida sul mare. Ti rivedo, appeso al sartiame del bompresso col mare grosso, concentratissimo, intento a installare una telecamera fissa rivolta alla barca; o uscire sporco di morchia dal vano motore dopo aver aggiustato con pazienza una pompa malandata. O quando ci hai portato al tempio di Esculapio, nell'isola di Kos, per affidare la tua salute al dio della medicina. Poiché a Esculapio si sacrificano galli, ne avevi acquistato uno nella macelleria del paese e nello stupore dei turisti lo avevi dedicato al dio. Eri più greco dei greci. Ti eri messo una semplice maglietta girocollo e una giacca di lino, poi avevi indossato braghe dello stesso color corda, arrotolate al polpaccio. Stavi a piedi nudi, per aderire meglio a Madre Terra, e la tua era l'immagine del marinaio: magrezza ascetica, grandi occhi color di foglia, zazzera riccioluta nel vento. I tuoi ultimi mesi li avevi vissuti con pienezza nonostante il male, e a qualcuno avevi confidato: "In vita conta la dignità. E se la morte fa parte della vita, anch'essa va affrontata con dignità". Quanto mi manca la tua mano sulla barra, in questa nuova rotta di tempeste.

È un problema avere amici meravigliosi. Sopravvaluti l'umanità. Ti dimentichi del magma dei rancorosi, delatori, revanscisti, complottisti, xenofobi, invidiosi e violenti che avvelenano quotidianamente il web, spalleggiati dai politici della paura, quelli che cercano capri espiatori a tutti i costi, possibilmente stranieri, pur di non dire che la crisi è scoppiata anche per lo smantellamento della sanità pubblica che loro hanno voluto. È un esercito micidiale, più temibile dei drappelli di ubriaconi in crisi di astinenza che vanno in giro, spesso indisturbati, a provocare o spintonare i cittadini in fila davanti ai negozi.

Ho la fortuna di abitare in un condominio felice e collaborativo. Ma so che altrove ci si denuncia per un nonnulla e la polizia deve calmare ogni giorno dei pazzi resi ancor più pazzi dalla reclusione.

23 marzo

Stamattina ho appeso fuori dalla porta un foglio con su scritto: "Mi ricorderò di voi quando tutto sarà finito. Di voi che per profitto avete ammassato vecchi come bestiame in case di riposo simili a lager e smantellato la sanità pubblica per finanziare centri di estetica, e ora magari tuonate contro lo Stato perché mancano respiratori. Di voi farisei che, mentre pontificavate sulla vita, mettevate il profitto davanti alla vita stessa, e la difesa dei beni davanti a quella delle persone. Di voi, che ci avete coperto di veleni e lasciato desertificare l'Italia dei borghi; e di voi, volonterosi partigiani dell'economia del saccheggio, dello scarto e dello spreco, che avete delocalizzato in Asia e tolto lavoro alla nostra gente. E di voi, che avete coperto tutto questo, facendoci credere che il problema fossero gli immigrati, quando siete stati i primi a chiamarli per ingrassarvi il culo. E soprattutto di voi, ultraliberisti da talk show, che avete demolito cultura e senso del dovere, obbligandoci a gestire questa emergenza più con la polizia che con l'educazione civica. E infine di voi, che anche ora, nel momento estremo, seminate zizzania e bugie per coprire di fango chi senza clamore si spende per soccorrere gli ultimi".

Scritto d'impeto, dopo aver letto un report agghiacciante sulle responsabilità dell'ecatombe a Bergamo, epicentro del virus, con centinaia di morti al giorno.

Ho due figli lontani, ciascuno con un nipotino. Uno nelle Langhe, in Piemonte, l'altro in Svizzera. Il primo non è mai stato così contento di vivere in campagna. "Fino a ieri gli amici mi chiedevano 'ma come fai a vivere lì senza nemmeno un cinema?' e oggi sono io che chiedo a loro come fanno a vivere in città, senza la natura intorno." Michele sa che, con una creatura di quattro anni, avere del verde dove sgambare è impagabile.

Ora ci sentiamo più di prima, via Skype o WhatsApp. Stasera, su un tavolo pieno di tessere di legno colorato e bandierine, eccomi in collegamento video a spiegare a Elia, affamato di storia, come Annibale ha battuto i Romani in battaglia, arretrando. Mi guarda, affascinato. Ma il clou della giornata è al mattino, quando lui è ancora a letto e al nonno – che per l'occasione indossa turbante e mantello – tocca il racconto della fiaba. Storie italiane mirabilmente asciutte, raccolte da Calvino. Mostri, metamorfosi, incantesimi. Un mondo antico che non ha ancora dimenticato che a governarci sono spesso forze misteriose, complesse e sconosciute.

24 marzo

"Non ce la fai a stare chiuso a casa?" si chiede su Facebook Azra Nuhefendić, bosniaca in Italia. "Sei annoiato da tv e videogiochi? Preoccupato perché mangi troppo? Bombardato da messaggi, stanco di disinfettarti e fare la fila ai negozi? In crisi di nervi perché i bambini sono insopportabili e non puoi uscire a fare jogging, o angosciato da strade vuote e silenzio? Bene. Ora immagina che ti tolgano il gas. Niente cottura, niente riscaldamento, niente acqua calda. Immagina di avere l'elettricità tagliata: niente luce, telefono, computer, tv; niente scuola online, niente telelavoro, niente ascensore; e niente acqua, nemmeno per la toilette. Immagina che il termometro sia sotto zero e di camminare per casa con dieci strati di roba. Immagina, invece di aspettare nella fila del supermercato, di essere in fila con i bidoni per prendere acqua a tre chilometri da casa. Immagina che invece di fare jogging devi tagliare l'albero di un parco per scaldarti o stare in fila ore per un pacco di aiuti umanitari. Immagina di essere ferito mentre fai la fila per il pane o colpito da un cecchino mentre vai a respirare in terrazza. E, invece del silenzio, di avere granate che cadono ogni tre minuti. Ecco, è Sarajevo durante l'assedio."

"Carogna-virus" lo chiamiamo, ma dovremmo smettere di insultarlo, perché almeno ci avverte che la Terra è allo stremo. Pandemie, riscaldamento globale, inquinamento, sfruttamento delle risorse, guerre, migrazioni. È tutto dannatamente collegato. L'aggressività di Ebola in Africa è stata determinata anche da un capitalismo di saccheggio che abbatte foreste intere e paga bande armate per assicurarsi forniture a basso costo di materie prime. Le pestilenze in Africa erano lì da anni a dirci che sarebbe capitato anche a noi e che alla fine i peccati del nostro colonialismo ci sarebbero ricaduti addosso.

L'amico Dante Carraro, medico e prete, dirige una solida ong italiana, il Cuamm – che ha mandato in Africa migliaia di medici, tecnici e infermieri –, e rientra sempre più amareggiato dalle sue trasferte. "A Bangui, capitale della Repubblica Centrafricana," mi racconta al telefono, "il fiume è ricco d'oro e una multinazionale francese lo ha letteralmente sottratto alla città. Il fiume è tutto transennato, per chilometri, dai due lati, fino a dieci metri dalle rive, e dentro quel recinto migliaia di giovani sottopagati cercano pepite per la Francia, che è la terra dei diritti dell'uomo. All'esterno, i bambini muoiono di malnutrizione nel fango. L'immagine di quel recinto grida vendetta, non mi dà pace. Papa Francesco, quando è andato a Bangui, ha rotto il protocollo ed è corso a vedere quei bambini. Poi ha ordinato al centro del Bambin Gesù di costruire un ospedale, e noi gli abbiamo dato una mano. La situazione è al collasso. Il Mozambico è devastato da continui uragani per via della deforestazione che arroventa l'atmosfera. Quando capiremo?"

È nevicato dai Balcani alla Spagna, e io me ne sto col fuoco acceso a preparare una torta salata, il frigo pieno. Di cosa ti lamenti, europeo? I clandestini in arrivo qui a Trieste, in questi giorni estremi, da posti come la Siria, ce lo ricordano oggi più di prima. Ci dicono che siamo fortunati, che è mille volte meglio ammalarsi di Coronavirus in Italia che in Iraq. Forse questo è il vero motivo per cui danno fastidio. Ci impediscono di piangerci addosso. E ci ricordano che anche noi, un giorno, potremmo diventare degli indesiderati, come già accade a molti dei nostri, rimasti senza lavoro grazie alla Brexit o alla nuova pandemia. E magari migranti, perché no.

Come sono già di fatto, da quattro anni, le genti terremotate d'Appennino. Dove, scandalosamente, la ricostruzione non è ancora cominciata.

25 marzo

Sogni demenziali di un'alba da recluso. Sono con Irene in una città di mare, in un appartamento vicino a un molo da cui partono grandi traghetti. È sera e dobbiamo imbarcarci per chissà dove. Lei è ordinata, e ha già preparato la valigia. Io no, ho avuto da lavorare fino all'ultimo. Cerco in fretta le mie cose, ma, da disordinato cronico, non trovo nulla. Mi irrito e sbotto: "In queste condizioni non parto più". Lei, che nella realtà mi accudisce, mi guarda con compatimento. È tardi, sono disperato, corro al terminal per sapere se ho ancora tempo. Le auto del nostro traghetto stanno già uscendo. Chiedo a un impiegato fino a che ora ci si può imbarcare, ma quello mi ignora, fuma parlando con un altro addetto. Esasperato, corro a casa, ma prendo un'altra porta e mi ritrovo in una cantina che è un labirinto. Mi perdo, i minuti passano. Ritrovo disperatamente l'uscita e nell'atrio incontro un signore con mascherina. Gli chiedo dov'è l'appartamento numero 47 (il mio anno di nascita oltre che, scoprirò al risveglio, il numero del morto che parla nella cabala napoletana), ma quello mi risponde che, con l'emergenza, preferisce non parlare agli estranei, poi sparisce nell'ascensore. A quel punto mi butto per terra, esausto. Sento l'ultimo fischio del traghetto e mi sveglio.

Diretta web anche con l'altro nipotino a Zurigo, che oggi compie sette anni. Un mattacchione che parla l'incomprensibile tedesco gutturale degli svizzeri. Gli hanno chiuso le scuole appena da una settimana. Dalle sue parti si può ancora girare liberamente per strada. Mi sa che lì la gente si sente un po' troppo al sicuro, con la sua sanità modello e le sue assicurazioni.

Il piccolo studia musica con un trombone più grande di lui e sempre via web ci suona il tema di *Jurassic Park* con gli occhi incollati allo spartito. Crescere con la musica dentro, che meraviglia! E mentre il papà cucina in diretta i *Kaiserschmarren* per colazione, lui ci dice di aver raccolto aglio orsino sulle sponde del torrente Wildbach, sopra casa, per farne un ottimo pesto. "Buonissimo, nonno!"

Ricordo Julio Cortázar: "Eppure, nonostante tutto, solo noi sappiamo essere così lontanamente assieme". È un paradosso reale. Gli affetti veri diventano più vicini con questa lontananza, che la reclusione generale rende più sopportabile. Si scrive a chi si ama come soldati in trincea.

Oh, certo. Guai se non ci fosse il web in questo isolamento, provvidenziale sostituto dell'incontro. Ma un caustico pamphlet che ho sul comodino spiega come la rete veicoli anche fiumi di detriti (fake news, cortocircuiti narcisistici, paranoie complottiste, algoritmi di sorveglianza) che hanno sopraffatto le aspettative di una rinascita generale delle intelligenze. Siamo in realtà immersi in una cacofonia di fondo.

Come dire che, quando tutto sarà finito, dovremo affrontare sfide immani, ma finalmente con la nostra presenza in carne e ossa, dando contenuti umani alla politica che è stata svuotata da interessi più grandi di noi. Esserci, con il corpo. Perché all'Europa non basta una moneta. Ha anche bisogno di un corpo, e noi ci stiamo dimenticando di averlo. Diventiamo fantasmi, surrogati di presenza. Ogni nostro dialogo a distanza somiglia sempre più a una seduta spiritica.

Un pianoforte pieno di vento

26 marzo

"Caro Andrea, ti scrivo alle quattro del mattino. So che a Zurigo c'è il sole, ma nevica in tutto il Mediterraneo e qui a Trieste soffia furiosamente la bora. Alla lunga, snerva e toglie il sonno. E se ti svegli nel cuore della notte, i pensieri ti sommergono. Al buio, quando tace il web, vedi più lucidamente. Siamo troppo bombardati da numeri che inducono a un'ansia sterile più che al ragionamento. Se così non fosse, il resto d'Europa non ci avrebbe messo tanto a capire il pericolo. È impressionante che i francesi abbiano fatto baldoria fino a ieri e persino indetto elezioni (ora hanno gli scrutatori ammalati!). Eppure, le notizie non hanno mai viaggiato così veloci. A Parigi non potevano dire di non sapere. Il sospetto è che il sistema non tolleri il libero pensiero. Pensare deprime i consumi. Ma io cosa me ne faccio di mille analisti se manca un visionario? Cosa me ne faccio di una rete che veicola spazzatura ansiogena e di una scienza incapace di incutere spavento su ciò che accade? Non ho mai visto così lontano come quando ero nel mio faro nel Mediterraneo, su un'isola deserta senza né telefono né internet.

"Ma come si fa a non sentire l'evidenza che urla le sue ragioni con le raffiche di questo inverno fuori stagione? Castigo di Dio, si sarebbe detto un secolo fa. Com'è possibile accorgersi della realtà solo se diventa emergenza? Tremo per questa Unione in cui non sento nessuna voce levarsi e dare un'informazione pacata, autorevole, univoca. Tutti in ordine sparso. A Sud pecchiamo di imprevidenza, ma a Nord peccano di arroganza. Anche i cugini francesi, che fino a ieri dal ministero della Salute ci accusavano di aver favorito il virus per incapacità comportamentale. È comodo pensare che il male venga sempre dall'esterno, quando il collasso è generale. Troppo facile dirsi europei quando le cose vanno bene. È adesso che vi voglio. Sai, figlio mio, la notte, con la bora a cento, sembra che migliaia di demoni e geni della lampada ci circondino. A Nord solo il vento atlantico e il *Föhn* sono minimamente paragonabili a questa furia che si trascina dietro dieci fusi orari di steppe e deserti da Est.

"Alba livida. Leggo il vecchio Oswald Spengler, *Il tramonto dell'Occidente*, uscito alla fine della Grande guerra, e trovo molti punti di contatto con l'oggi. Diventeremo una colonia di potenze altrui? La Cina, che ci ha contagiati tutti, già riparte mentre noi siamo lì come pugili suonati. Non credo sia una sconfitta delle democrazie, ma dell'individualismo sfrenato cui ci ha indotto la sottomissione della politica all'economia dello spreco. Mai come oggi, ne esce chi sa cantare in coro. Ho saputo che Federico si è messo a studiare il cinese! Il suo compleanno online è stato bellissimo. Ti abbraccio. Baciami la tua Chiara."

27 marzo

Una grande mano calda, capace di trasmetterti energia e di darti la sveglia, già prima di passare al dialogo. La mano di Francesco, il papa.

Mi torna alla mente il calore di quell'istante. Era il 18

gennaio, e fuori pioveva sul Cupolone. Ci parlavamo, e lui teneva la mia mano nelle sue. Ricordo ogni sua parola. La consapevolezza di doversi spendere, sapendo che "amore è rischio" e che la fede non è "un'assicurazione sulla vita" che dà accesso esclusivo al cielo, perché "non serve amare Dio se non ami l'uomo". E poi quella risposta folgorante alla mia richiesta, di risparmiare le forze, vista l'età: "Amico mio, la vita è fatta per essere bruciata, senza risparmio. Avremo tempo per riposarci dopo". La peste non era ancora arrivata, ma già era chiaro che non c'era tempo da perdere. Eravamo a un bivio senza ritorno tra vita e autodistruzione.

Oggi, con la morte in casa che falcia più di una guerra e la cultura del consumo che mostra di aver devastato clima, salute, e perfino la democrazia, l'aut-aut è ancora più chiaro. Assolutismo o riconquista dei diritti-doveri. Grande Fratello o comunità. Privatizzazione o condivisione. Crescita delle diseguaglianze o solidarietà. Stato di polizia permanente o democrazia. Mondo di predatori o di raccoglitori. Potere di pochi o umanità. Cibi apolidi o chilometro zero, abbuffata o frugalità. È ancora possibile un compromesso fra questi due scenari?

"Ci mettiamo la mascherina perché prima avevamo il paraocchi," scrive in un amarissimo blog Flavio Troisi. Oggi, un microrganismo a forma di pallina da golf ci toglie quel paraocchi e ci offre un'opportunità straordinaria: riflettere. Mai abbiamo avuto così tanto tempo per farlo e prepararci al dopo. È la nostra ultima occasione. Ce lo dice proprio quel Francesco che stasera ha mostrato il Santissimo in una Roma piovosa e deserta, portandosi il dolore di tutti sulle spalle. Accettare la sfida di un cambiamento radicale. Subito, anche a costo di bruciare la vita. Avremo tempo per riposarci dopo.

Oggi il porto di Trieste sembra quello di Murmansk, sull'Artico; le ancore non tengono e le navi al largo sono filate altrove al riparo. A causa del vento, la temperatura percepita è meno cinque, in coda davanti ai negozi resistono in pochi, piegati dalle raffiche. La natura ferita continua a ribadire ai sordi la sua supremazia.

Siamo barricati, con vista sul deserto della terra, del mare e dell'aria, e la casa miagola, geme come una barca e talvolta rimbomba come un pianoforte pieno di vento. Ma è la città intera che pare un sismografo su linee di faglia. Qui sei al centro del Continente e arriva tutto in anticipo, a partire dai segnali del clima. È come star seduti su un atlante di geopolitica. Negli ultimi trent'anni, senza cambiare campo base, ho narrato la caduta del comunismo, la fine della Cortina di ferro, l'inizio delle guerre jugoslave, l'etnopopulismo di Haider & soci, e il separatismo nordista in Italia. Poi sono arrivati i migranti. E ora, il tramonto dell'Occidente.

28 marzo

Quattro del mattino. La bora si è fermata di colpo e addio sonno. Un silenzio attonito, come di terminal ferroviario vuoto, rende ancora più nudo il deserto. A quell'ora, lo so, la stanza si riempie di ombre. Le vedo, sono lì nel buio anche oggi ad aspettarmi attorno al letto. Alcune raggomitolate a terra, altre in piedi, per non perdere il posto, come questuanti a uno sportello. Mi ricordano quelle che nel 2001 vidi nell'anticamera di non so quale notabile a Kabul, poche settimane dopo la cacciata dei Talebani. Oggi, quei fagotti inturbantati sono i pensieri. Hanno aspettato fino a quell'ora e adesso sono qui a pressarmi, vogliono risposte, e subito. Non ho scampo, non posso più perdere tempo. Devo ascoltare le loro istanze con pazienza, e annotarle subito.

Il primo mi ha detto:

"Il pericolo vero sarà quando tutto sarà finito, quando ci

scopriremo più poveri. Allora, ai padroni dell'economia del saccheggio, per restare in piedi converrà lasciar sfogare la nostra rabbia sociale verso il basso, additandoci ancora una volta gli Ultimi come nemico, meglio se stranieri. Allora, tutti i fascismi del mondo, affascinati dal mito semplificante del capro espiatorio, si faranno cinghia di trasmissione di questa macchina. Li vedo, pronti a scatenare i loro branchi".

"Non è più tempo di guardarsi l'ombelico," mi ha detto il secondo. "Ora i narratori hanno una responsabilità enorme, devono offrire visione, prospettiva, consapevolezza, speranza. Ma non una speranza astratta, beota. No, quella vera, che nasce dal suo opposto, dal fondo della disperazione. Come seppero fare i benedettini, che rifondarono l'Occidente quando tutto sembrava perduto, con l'Impero romano crollato e i barbari alle porte."

Il terzo: "Questa pestilenza può essere un'occasione unica, perché accelera la presa d'atto della fine di un sistema. Hölderlin scrisse: là dove è il pericolo, lì è la salvezza. Sapremo guardare in faccia il mostro e capire dove andare?". Il quarto postulante: "Ma cosa ci narreremo all'uscita dal tunnel se la nostra sarà una memoria solo virtuale, priva di odori, vento, voci, fango, pelle, polvere, sangue?".

E già altri pensieri premevano: "Ah, Salvini, che da casa appare in rete vestito da Medico, camicia azzurro ospedaliero e auricolari indossati stile stetoscopio. Se non sbaglio, l'ho già visto indossare i panni del Carabiniere, del Minatore, del Poliziotto, del Pompiere". E ancora: "Vorrei scrivere un canto per i nonni che se ne sono andati in solitudine, senza il conforto dei loro cari, ma non ne sono capace. In un'ora simile ci hanno tolto proprio la morte".

Sulla cassetta della posta trovo un pacco-sorpresa per me. Lo scarto, è pieno di taccuini! Viene dal Veneto, sono Silvia e Alberto che mi incoraggiano a scrivere ancora questo diario e non vogliono lasciarmi a secco di carta. Piccole gioie dell'amicizia vera.

La carta era già secondaria in tempi normali, per l'invadenza del web: figurarsi oggi che non è più "bene di prima necessità" – salvo, naturalmente, quella igienica. Il fatto è che ora che ho tempo per pensare scrivo più del solito, anche di notte. Quando la mia compagna mi trova un pacco di bloc-notes al supermercato, alla cassa la gente la guarda male. Ma ho dei complici, per fortuna. La confraternita degli appunti scritti.

Giorni fa mi ha scritto Checco da Padova: "Ho letto il tuo grido di dolore per la mancanza di taccuini e la difficoltà di procurartene. Avendo io per antica consuetudine conservato una discreta scorta di vari formati, dal tascabile al quaderno, se ti può servire e se mi dai un indirizzo te ne spedisco una piccola fornitura, pagabile in ombre parimenti rosse e bianche alla prima occasione". Cose che fanno bene al cuore.

29 marzo

Dalla mia finestra ho straordinarie visioni. In un colpo d'occhio le Alpi, la fine del Mediterraneo, il Centro Europa, le Terre del tramonto portatrici di venti atlantici, la Cortina di ferro, il fronte della Grande guerra, l'inizio dell'Eurasia sul ciglione carsico. In questi giorni, con la Danza della Morte in Europa, questa percezione "a grandangolo" si è fatta ancora più nitida. Specialmente quando il vento soffia forte. Come stanotte. Una nottataccia quasi insonne. Ululati, nevischio, mare nero, nuvolaglia a pelo d'acqua. Buio da lupi. Era da giorni che avevo la sensazione di essere ininterrottamente sveglio. Scrivevo anche di notte, anche in sogno. Ma stanotte in particolare ho sentito tutta la mia Europa col fiato sospeso, dai villaggi irlandesi alle isole estreme delle Cicladi, dalle valli più segrete dei Carpazi al lento fluire della Neva a

Pietroburgo. Milioni di persone vegliavano, incerte sul loro futuro.

Stanotte il sismografo ballava più del solito. Sentiva arrivare un'onda d'urto enorme, qualcosa che andava oltre il Covid-19, i bollettini della Protezione civile e la paura animale di restare senza cibo o ammalarsi. Era l'Europa che si sgretolava, a velocità impressionante, come la torre di Babele. I ricchi del Nord che abbandonavano al loro destino il Sud, tagliavano fuori il Mediterraneo. La filiera alimentare che si interrompeva. Cina, America e Russia che si fregavano le mani per il dissolversi del più grande mercato del mondo. Il trionfo del Grande Fratello sulla solidarietà. Vedevo masse ondeggiare, prive di punti di riferimento, in balìa di fake news propalate da tv a caccia di ascolti, e pronte ad affidarsi a uomini della provvidenza o al dominio di remote intelligenze artificiali. Vedevo Paesi interi distrutti moralmente ed eticamente, resi afoni dalla dittatura del consumo. La fine di un magnifico sogno, di un'alleanza che aveva tentato di costruire la convivenza sulle regole e la democrazia, non sulla potenza prevaricatrice.

Cerco vie di fuga. Scendo in cantina, a spaccare un po' di legna, e mi ci perdo. Sono nella pancia, nella stiva di qualcosa di simile a un bastimento, ne avverto i più segreti scricchiolii. Cerco tra vecchi cassoni, sacchi di juta, armadi, bottiglie di vino, cordami. È come se vedessi quello spazio per la prima volta. Mi fermo un attimo, il silenzio è perfetto. Posso udire uno per uno i rumori del mio corpo. Pulsazioni, scricchiolii, sibili, rantoli, amplificati come da uno stetoscopio. *Noli foras exire. In te ipsum redi. In interiore homine habitat veritas*. Riemerge Agostino dai ricordi del liceo. Vedo ancora il prof di filosofia scandire la formula con solennità. "Non cercare fuori. Ritorna in te stesso. La verità sta all'interno dell'uomo..." Figurarsi se un ragazzo affamato di orizzonti poteva andar dietro a baggianate del genere.

Ebbene, oggi che sono recluso e dovrei soffrire di violenti attacchi di insofferenza, oggi, a settantadue anni, il vecchio Agostino ritorna. Ora che mi hanno incarcerato, dopo una vita nomade, scopro l'inaudito. Non è lo spazio esterno a mancarmi, ma quello interno. La riflessione. La solitudine. La nicchia. Momenti di pausa persino dalla serena condivisione ventiquattr'ore su ventiquattro con la mia compagna. Certo, è un lusso che può permettersi chi non è davvero solo, chi come me è ancora abbastanza sano e vive in cento metri quadrati con vista mare. Ma è egualmente incredibile.

In certi momenti mi sento un monaco privato della sua cella. Forse è il momento estremo che viviamo, che ci risospinge verso quello spazio interstellare che si chiama subconscio.

Mio figlio Michele, dalle Langhe, mi dice che la sera il suo piccolo adora sentirsi rievocare vecchie vacanze passate con i genitori. La Sicilia, la casetta sul mare a Cipro, l'Olanda nella bici col rimorchio. È la cosa che più lo tranquillizza. Si addormenta in un nanosecondo. I bimbi hanno bisogno di essere rassicurati in questa emergenza, anche se sembrano prenderla sottogamba. Magari si divertono tutto il giorno e poi, la notte, ti rifanno la pipì a letto. Il loro problema è: cosa accadrà domani? In assenza di una memoria lunga che li riporti a tempi "normali", sospettano che l'eccezionalità del tempo presente possa diventare definitiva.

Giorni fa, con la bora che urlava alla finestra, Rebecca, che abita al piano di sotto e ha già dieci anni, ha chiesto alla mamma se quest'anno ci sarà l'estate. In questi casi devi rispondere: l'estate c'era e ci sarà sempre. Per questo i bambini hanno bisogno di sentirsi raccontare il passato. Per poter pensare al domani. Chi cresce con le fiabe, oggi così rare, si allena a tante cose che lo aiuteranno da grande. Impara per esempio che esistono i malvagi, o che nella vita c'è l'imprevisto. Ma soprattutto impara a immaginare un futuro diverso e sorprendente. Che è esattamente quello che ci manca oggi.

Che fine hanno fatto i soci della compagnia del calicetto? Fino a ieri erravano come disperati attorno alle taverne chiuse d'angiporto, in cerca di un amico con cui dividere almeno la rabbia per quel tradimento. Oggi che non possono neppure uscir di casa, li immagino fuori di testa, depressi o maneschi col resto della famiglia, a partire dalla moglie.

La polizia lo sa: ora che tutto è compresso nel privato, la violenza domestica decolla. Perché il problema non è avere il vino, che lo compri ovunque. È la mancanza del territorio libero dell'osteria, con il senso di clandestinità che si porta dietro. C'è da impazzire a saperle chiuse, senza un apriti sesamo che spalanchi la caverna di Alì Babà.

30 marzo

Mi ero illuso che i fascisti fossero spariti. In fondo, il Covid-19 ha sbugiardato le loro frontiere, come le ha ignorate il tornado che nel novembre 2018 ha fatto strage dei boschi alpini. Ha dimostrato che i migranti non sono solo gli altri e che l'impoverimento ci trasforma tutti in migranti potenziali. La porta che noi sbattevamo in faccia ad altri ora è sbattuta in faccia a noi.

Anche gli amiconi di Salvini ce la sbattono: anche Orbán che, da bravo ex comunista, si è già rimesso nelle mani del Cremlino. Perché la conseguenza del sovranismo è esattamente il suo contrario, la perdita della sovranità. Con l'Italia ridotta a un Paese dell'America Latina col suo Pinochet di turno, o, nel migliore dei casi, a un parco dei divertimenti per turisti cinesi. La Jugoslavia insegna, con le visite guidate alle macerie di un mondo che fu. Tutto smentiva i sovranisti, e io mi illudevo che fossero rimasti ammutoliti nelle loro tane.

La loro sembrava una sconfitta totale. Invece no. Tacevano e tacciono semplicemente perché aspettano il momento. Si preparano senza fretta, come avvoltoi attorno a una pecora morente. Aspettano, perché in queste ore siamo proprio noi, uomini ancora liberi, a fare il lavoro per loro, a spianargli non una strada, ma un'autostrada per il potere. Noi europei, gli stessi che fino a ieri eravamo educatamente seduti in un emiciclo a Strasburgo. Abbiamo alzato muri e reticolati e, dopo aver distrutto l'educazione civica e il senso dello Stato, abbiamo instaurato quasi ovunque Stati di polizia, senza che si levasse quasi nessuna voce di dissenso. Abbiamo lasciato fare Orbán, e ora costui, ottenuti i pieni poteri, ha inoculato il virus dell'assolutismo nel cuore di un corpo democratico. Ma il bello deve ancora arrivare, quando "loro" usciranno dalle catacombe.

Non è più tempo di lambiccarsi con le percentuali di Pil. Abbiamo il dovere del pessimismo, di ipotizzare il peggiore degli scenari per preparare meglio le difese. Perché siamo già alla conta dei morti. Sarà questa conta a determinare la spaccatura o meno dell'edificio comune. I ricchi del Nord verranno a più miti consigli solo se avranno una percentuale di morti simile a quella del Sud. Se così non sarà, da bravi protestanti vi leggeranno la controprova divina della loro efficienza di formiche e della sconsideratezza delle cicale mediterranee, da punire come imprevidenti scialacquatrici. Ed è tristissimo dover tifare per il virus, per impedire che questo secondo scenario diventi realtà. Ed è ancora più triste ammettere che l'esistenza dell'Unione dipenderà, nei prossimi dieci giorni (tanti il Nord ne ha dati al Sud per "darsi una regolata"), più dai morti che dai vivi. Uno scenario da film horror.

Vorrei urlare queste cose nelle strade vuote con un megafono, per mettere paura a chi sta barricato in casa, dire che stiamo per finire come Pinocchio nella pancia della balena, che senza Europa e senza un comune Piano Marshall siamo fregati, tutti, anche il Nord che si troverà senza il mercato del Sud. È ora di fare rete sul serio invece di chattare, per generare un effetto a catena. Questa inerzia imbambolata fa spavento e di questo passo non c'è futuro se non la guerra; e quella economica non è meno atroce di quella guerreggiata. Bisogna dirlo, così come lo dicono gli ultimi superstiti della Shoah e della Resistenza, o come avrebbe detto se non fosse morta da poco l'immensa Ágnes Heller, ebrea ungherese sopravvissuta a tre dittature e spina nel fianco dell'assolutismo magiaro.

Certo, posso urlare perché sono vecchio, ed essendo vecchio non ho paura di niente. Ma mi ripugna lo sfogo fine a se stesso. Chi se ne frega di avere ragione. Quelli della mia generazione possono al massimo suggerire le parole, la memoria, la rabbia, la visione. Ma il resto è giusto che lo facciano i giovani, che il timone lo prendano loro. La mia generazione non può farlo, perché ha castrato il loro futuro. Da che pulpito, potrebbero dire persino i miei figli.

E allora perché non andiamo a stanarli, questi ragazzi che grazie a Dio il virus sembra risparmiare, e che hanno riempito piazze intere contro il ritorno delle nazioni? Non possono essersi dissolti, gli europei che hanno seguito Greta, i giovani delle Sardine e gli Indignados, le opposizioni in Polonia, Ungheria, Gran Bretagna.

31 marzo

È il ventesimo giorno di clausura e ci sono nati quattro fagioli. Li ha piantati Irene il 21 marzo, in vasi già occupati dai legittimi inquilini, per celebrare la primavera. E ora eccoli sbucare sul terrazzo, vibrare in un maestrale limpido come gli alisei. In questa fregola di talpe e di lombrichi, queste piccole bombe di energia sgomitano verso la luce, e tanto basta loro per essere contenti. Contentezza non è felicità. È molto di più: è la gioia di chi si fa bastare il suo mondo senza bisogno di volare alle Maldive. È l'incanto di Etty Hillesum che, sulla soglia del campo di sterminio, si commuove davanti a un gelsomino.

Vivo giornate mirabili. Cielo gonfio d'azzurro come uno spinnaker. Poi la sera passa dal giallo caldo all'arancio al viola al verde, ma con calma, senza sbracarsi in scenografie, senza passare per rossi da melodramma, con Venere più grande del solito, piantata lì come una borchia di luce ferma. Solo ora mi rendo conto che quei tramonti simili a deflagrazioni nucleari, cui ci stavamo abituando, e davanti ai quali dicevamo "che bello", erano il perfido frutto dell'inquinamento.

Gioele ha tre anni ed è figlio di un amico genovese. Lotta contro i virus usando i supereroi e dalla sua stanza, ogni tanto, provengono urla di vittoria. Poi corre in terrazzo, scruta tutto intorno e sgrida anche i piccioni: "Restate a casa!". Nina, undici anni, si rifiuta di uscire per disciplina e non soffre la reclusione. Se non si può, non si può: lo ha detto la scuola. I bambini in clausura sono spesso migliori di tanti adulti indisciplinati e biliosi. In un parcheggio sotto casa mia, dei fratellini hanno disegnato un enorme arcobaleno, un cuore di due metri per due con dentro i nomi delle regioni d'Italia e la scritta TRIESTE C'È, E RESTA A CASA. Mio nipote Elia manda dal Piemonte la sua foto con in mano un altro arcobaleno, di cartone, col grido ANDRÀ TUTTO BENE. E Samuel, di dieci, manda al nonno Patrick il disegno di un tulipano con la didascalia CHE TI DIA CALORE E COMPAGNIA.

Spesso mi chiedo con quanta angoscia sopravviva una

creatura svezzata a videogiochi, senza fiabe e senza regole. E come se la cavino i genitori con tanti figli in età scolare. Dovrebbero dare a tutti loro un computer per seguire le lezioni? Essendo magari già sfiniti dal telelavoro?

Eravamo appena arrivati a vela sull'isola di Kos, sede del santuario di Esculapio, il dio della medicina. Avevamo il motore in avaria e l'attracco controvento era stato laborioso.

Quella sera, cenando nel pozzetto, chiesi a Piero il senso della parola "epidemia". Rispose che veniva dal greco antico, *epidemeo*, che vuol dire viaggiare. Cosa c'entra il viaggio con l'influenza, gli chiesi. "Epidemia non è solo una malattia che viaggia," rispose, "ma anche il viaggio che i medici facevano per capire le malattie. Nell'antichità i terapeuti battevano tutto il Mediterraneo per arricchire le loro conoscenze. Fu così che furono gettate le basi dell'Accademia, della scienza moderna e dello scambio di saperi. I Greci erano molto avanti, credevano nella profilassi, anche perché già allora si sapeva che mantenersi sani costa meno che curarsi da malati. Galeno, quando parla di dieta, non si limita al cibo, ma enuncia anche un insieme di regole di vita. Avremmo molto da imparare dagli antichi."

1° aprile

Ore 9.00, visibilità illimitata. Mare increspato, e la scia immacolata di un rimorchiatore che lo taglia in due. La bellezza trionfa. Anche nel centro della pandemia. Enrico, dalle valli bergamasche, mi recita luminosi versi da *Pugacëv* di Sergej Esenin: *Domani, sul mattino / il tempo sarà chiaro. / Come bigia mandria la caligine / passerà, al galoppo. / Io sono di gente semplice / simile il cuore / a un cosacco della steppa / so ascoltare l'intero giorno /senza fare una versta / immobile / la corsa del vento / e il palpito di una creatura / perché nel mio petto / come in una tana / si voltola / la calda bestiola / dell'anima*. Sì, la natura respira, gode della nostra assenza. Ci dice: Uomo, ti ci voleva una pestilenza per capirlo?

Béatrice scrive dalla Bretagna: "Il mare ha un colore divino, un blu che vira verso il turchese che, unito al rosa del granito e al verde della vegetazione che rinasce, mi dà un *vrai bonheur*". Fabrizio, da Controguerra in provincia di Teramo: "Vieni a trovarci quando tutto sarà finito. Qui tanto verde, aria salubre, buon vino. E nessun contagiato. Ma noi stiamo lo stesso a casa per dare l'esempio". Cristina, da una valle dell'Appennino piemontese: "Sono rientrata ora da una camminata di tre ore. È commovente la bellezza della natura. Alla fine ci siamo fermati, e ogni cosa, anche la più piccola, diventa piena di senso. Sono inondata di gratitudine".

Ore 22.00, ascolto Rachmaninov. Oggi compirebbe centoquarantasette anni. La polka italiana. Una musica tardoromantica che ti sorvola e si stempera nel corpo.

Non mi riconosco più in nessuno di questi funesti Statinazione che riemergono. Non nella Germania che dimentica di essere uscita dalle macerie grazie all'azzeramento del debito e all'aiuto di manodopera europea. Non nella Francia che ci ha snobbati fino a ieri. Non nella Spagna che ha ballato fino all'ultimo sul *Titanic* che affondava. Non nell'Inghilterra, in mano a una classe dirigente di dementi spocchiosi. Non nella Polonia che porta i suoi vescovi a benedire le frontiere. Ma non mi riconosco nemmeno in questa mia Italia che oggi deve ricorrere a "eroi" fino a ieri vilipesi (medici, maestri, pubblici ufficiali) dopo aver spolpato un patrimonio nazionale per ingrassare dei ladri. Un'Italia che nell'emergenza costruisce più velocemente di chiunque reparti di terapia intensiva dopo averli smantellati fino a ieri, come accade in Lombardia.

Non credo a nessuna delle nazioni. Ma agli europei sì. Ai giovani europei, che saranno le prime vittime del crollo e che proprio per questo devono fare massa critica per rafforzare l'Europa subito, demolendo l'economia del saccheggio, partendo da un manifesto in tutte le lingue capace di dare una sberla ai nostri palazzi ridotti al sonnambulismo. Ragazzi, non voglio che diventiate, se vi va bene, lustrascarpe di oligarchi in crociera di lusso. Sta a voi evitare l'imbarbarimento, lo scontro sociale, la razzia nei negozi, l'assalto alla diligenza e di conseguenza la dittatura, come in certi Stati centroafricani. E io non posso accettare che quelli della mia età si ritrovino a piangere sulla vostra generazione, quando non abbiamo ancora smesso di piangere su quella del passato. Quella degli uomini e delle donne che hanno fatto l'Europa e che ora la peste si porta via senza nemmeno il conforto della famiglia.

Se la frontiera è la porta di casa

2 aprile

Per sfuggire alla claustrofobia provo a movimentare i passaggi tra le stanze, tracciando invisibili linee di demarcazione. Così, gli attraversamenti si caricano di senso rituale e ti danno l'illusione del viaggio. Anche nell'Europa prima di Schengen era così: parola di euro-entusiasta. I confini mettevano più voglia di partire rispetto a ora che li hanno aboliti. Quelle frontiere "dolci" garantivano le differenze senza impedire l'incontro. Il massimo, perché il viaggio ha senso solo se si incontra gente diversa da sé.

Se ci penso, allora avevamo più voglia di conoscerci, ed eravamo più fratelli di oggi, che ci somigliamo fin troppo e ci riempiamo la bocca di retorica No Border, salvo poi costruire muri e reticolati più di prima. In casa cambia poco. A ogni stanza va garantita la sua diversità attraverso una soglia che trasforma per esempio la cucina in focolare, la tavola da pranzo in ristorante e il soggiorno in luogo della scrittura. È così che lo spazio, come per sortilegio, si dilata.

La scenetta della donna che si agghinda per andare in cucina non è solo una gag che circola in rete. È un modo con cui essa carica di senso il suo spazio. Così, non si limita a cenare, ma "va" a cena. Esce per "andare" al ristorante. I giapponesi, grazie al letto a scomparsa e alle porte scorrevoli, riescono a farlo in trenta metri quadrati e, per dare più forza a questi "passaggi", si cambiano d'abito. Io stesso indosso un maglione girocollo nero per scrivere, un camicione per cucinare, un turbante color amaranto per narrare fiabe ai nipotini. Quanto al rito della disinfezione al ritorno dalla spesa, sacralizza la casa nella sua interezza. L'atto di lasciare le scarpe fuori e lavarsi bene all'ingresso somiglia non a caso a quello delle abluzioni fuori da una moschea.

Ma l'atto della demarcazione funziona anche col tempo. Per sottrarsi al gorgo di un fluire ansiogeno, si pone un *limes* tra i momenti della giornata, costruendo una precisa scaletta: l'ora del caffè, l'ora per scrivere agli amici, per fare ginnastica, scrivere, cucinare. Ed è la scansione delle ore, come nei monasteri.

L'ora della cucina è di gran lunga la migliore, e la cosa più bella è arrangiarsi con quello che c'è. In clausura hai la calma per sminuzzare, inventare, mettere in conserva, svuotare una dispensa troppo piena. Un godimento superiore a quello della scrittura.

Quando ho visto in streaming una puntata del *Commissario Montalbano*, tratto dalle storie di Andrea Camilleri, con la solita scorpacciata di buon cibo mediterraneo, subito sono corso a preparare del "capuliato", un tritato siciliano muscolare assai, a base di pomodori secchi aglio olio capperi acciughe mandorle. Una meraviglia mille-usi che secondo Alessandro, amico siracusano che pare Bacco in persona, "va in polpetta a ogni virus". Quando gli invio la foto del risultato, risponde: "Tutta la famiglia onorata, fino alla settima generazione".

3 aprile

Temo il patriottismo degli imboscati, di quelli che non andranno mai al fronte, in prima linea contro il Covid-19. Temo gli spudorati che sbandierano la parola "Italia" come il rosario dei sovranisti e usano un linguaggio bellico solo per evocare nemici alle porte, zittire come disfattista chi non è d'accordo e spingerci a delegare fette di libertà in cambio della salute. Vorrei esporre anch'io la bandiera, ma per dire che andrà tutto bene, non per fargliela vedere a "quella culona della Merkel", come leggo sui social della vergogna. Canterei pure l'inno di Mameli, ma non perché la Patria si riduca a un alibi per nascondere i nostri vizi di sempre: burocrazia, familismo, evasione fiscale, concorsi truccati, camorre, giovani sottopagati, smantellamento dei servizi ecc. So che ottocentomila italiani sono filati in Germania per sfuggire a quel cappio al collo, e che in Germania sono apprezzati per le loro qualità. E so che se la Germania uscirà vincitrice da questa Terza guerra mondiale, noi le avremo dato una buona mano.

Isserò la mia bandiera sul pennone più alto se i suoi colori saranno intesi per quello che sono: il profumo buono di una terra, la difesa del suo paesaggio e dei suoi borghi, il canto della sua lingua, la battaglia garibaldina per un Paese più giusto e onesto, il senso dello Stato e della società civile, la mobilitazione delle energie migliori che abbiamo costretto a emigrare. Allora la farò sventolare, ma non da sola. Ci metterò accanto quella blu di un'Unione stellata che ci ha garantito settant'anni di pace e che qualche pazzo vorrebbe smantellare. Perché l'Italia, come qualsiasi altro Paese, da sola non va da nessuna parte.

L'illusione dell'immunità viene meno appena il virus ti tocca o colpisce una persona cara. È allora che la bolla di invulnerabilità scoppia. Questo funziona anche per gli Stati, e funziona pure in economia. Ora anche i tedeschi hanno paura: sembra che il loro Pil scenderà del tredici per cento, una catastrofe. Farcela da soli? Mezza componentistica delle loro auto è prodotta in Italia. Mi sa che ridiventeremo europei per paura più che per convinzione, ma va bene lo stesso.

C'è qualcosa di buono persino in questo virus micidiale, se ce la fa a sradicare ostinati pregiudizi nazionali. David Sassoli, presidente del parlamento europeo, mi parla al telefono di giorni decisivi, perché presto dovranno essere messe in campo misure eccezionali. E il parlamento stellato deve restare aperto a ogni costo, perché è indispensabile "tenere alto il tono della democrazia" e far parlare non solo l'Europa dei governi, ma anche quella dei popoli. E del diritto.

4 aprile

Ma nella prosperità l'uomo non comprende, Salmo 49, versetto 13. C'è gente che è filata in qualche villa in montagna e mette in rete le proprie foto mentre si abbronza. Spero che non lo facciano per attirare invidie, perché di questi tempi l'invidia può diventare in un attimo carburante di una rivolta sociale già in incubazione. A settembre, mi scrive un'amica francese, riesploderanno le *banlieues*. Io non ho ville in montagna e vivo in un condominio, ma il mio appartamento è ampio, non sono solo, ho un piccolo terrazzo, una vista che mi nutre l'anima, la cambusa piena, e questo mi basta e avanza per sentirmi enormemente fortunato ed evitare esibizionismi. Mi basta pensare che esistono tanti più capaci di me che non hanno avuto fortuna. E soprattutto pensare in ogni istante a quei nuovi samaritani che provano a tenere in piedi la vita in queste ore. "Vita che ha sempre le sue ragioni," mi scrive don

Maurizio da Bergamo, "anche quando è chiamata a morire. Perché, caro Paolo, dovremo fare i conti anche con la morte."

Certe notti il silenzio è tale che par di sentire un mormorio di preghiera, un canto lontano di processioni. Si svegliano cripte, lazzaretti, campi profughi e corsie d'ospedale. Il dolore del mondo è così percepibile che si fatica a pensare alla resurrezione quando sarebbe tempo di bibliche maledizioni.

Mi passa davanti il *Trionfo della Morte* affrescato nella chiesetta medievale di Hrastovlje, poco oltre il confine, e la sua parata degli scheletri che ammonisce. Sento le parole di Norberto, il priore benedettino di Praglia: "Ora non possiamo più barare, siamo al bivio tra la morte e la vita". Sento anche quelle di David Maria Turoldo, me le segnala dal Veneto il compositore Bepi De Marzi che ne ha musicato i *Salmi*: *Ora invece la Terra / si fa sempre più orrenda / il tempo è malato / i fanciulli non giocano più / le ragazze non hanno / più occhi / che splendono a sera*. È tempo di tornare poveri, per ritrovare il sapore del pane e varcare sereni la notte. *E la gente, l'umile gente / abbia ancora chi l'ascolta / e trovino udienza le preghiere. / E non chiedere nulla.*

Da qualche mese, accanto ad altri libri, tengo sul comodino un mirabile breviario di George Steiner, *Una certa idea di Europa*, per fissare meglio nella mente i pilastri della nostra diversità. Nostra, nel senso di abitanti della Terra del Tramonto. Mi capita di rileggerli quando la mia essenza europea si infiamma di fronte a ciò che accade altrove. Le masse enormi in fuga da Bombay, in preda alla paura. Le code degli americani davanti ai negozi di armi. La censura di Pechino sulla peste partita dalla Cina. Lo sterminio degli animali per gli incendi in Australia. La devastazione delle foreste in Brasile. E allora rileggo cosa ci rende diversi, noi europei.

Steiner elenca cinque punti. L'appartenenza a una terra a misura d'uomo, terra di cammini, terra attraversabile a piedi avendo sempre un punto d'appoggio. I luoghi d'incontro aperto, come la piazza e i caffè. La storia di cui è intrisa ogni pietra. L'eredità di Atene e quella di Gerusalemme. La percezione del tramonto, di un declino inevitabile, che ci oppone ai figli del Sol Levante. Leggo: "Forse solo in Europa abbiamo i requisiti culturali necessari, quel senso di tragica vulnerabilità della *condition humaine*" utile a "ritrovare la fiducia". Se non è troppo tardi.

5 aprile

Che colpo di fortuna. Ho scoperto di avere un veliero per uscire in mare quando voglio, in barba alla quarantena. Ha una tolda ampia e articolata, irta di cavi, camini e antenne, ma libera e impercettibilmente convessa come la coperta di un galeone, da cui si gode una grandiosa vista sul mare. È il tetto del mio condominio. Non ci sale quasi mai nessuno, perché per raggiungerlo bisogna issarsi per una botola. Oggi, Domenica delle Palme, ne ho approfittato per farne il mio boccaporto d'accesso al ponte. Col bel tempo, è lì che può iniziare la navigazione nella giornata, specialmente quando soffia una bora leggera che pettina il mare con raffiche blu di Prussia e fa del cielo una festa di gabbiani che veleggiano a grande altezza, controvento. Come oggi.

È stata una notte pesante, piena di pensieri. Avevo tirato tardi via Skype con un economista visionario e un professore di lettere dalla barba da rabbino discutendo dei rischi spaventosi non di una recessione, ma di un blocco totale dell'economia e del conseguente crollo del welfare. Un disastro di proporzioni bibliche, che potrebbe spazzar via la democrazia europea nel giro di un mese. Fino a mezzanotte siamo stati lì a parlare di scenari sudamericani, a fronte di una classe politica di esordienti che sembra non rendersi conto della situazione. E non vede che il vero malato non è il singolo colpito dal virus ma l'interezza del corpo sociale. La nazione. Dunque, addio sonno.

Dopo notti simili, hai bisogno di luce per mettere la palla al centro. E così, quando dal tuo inferno di pensieri, insonnolito e misero, ancora rintronato dal bollettino dei contagi e dei decessi, imbocchi la tromba delle scale deserte, ecco emergere da memorie scolastiche, senza che tu l'abbia chiamata, l'ombra di un Alighieri che sale al monte del Purgatorio. Allora ti fermi su un pianerottolo, rifletti, e ti accorgi di non aver capito niente della *Commedia*, perché il Poeta altro non fa che cercar di uscire dalle tenebre di se stesso. E poiché non c'è luce senza il passaggio attraverso le tenebre, a quel punto i pensieri non si fermano più e persino l'apertura della tua botola si carica di significati inattesi.

Una volta fuori, le paure si dissolvono. Vento regolare a venti nodi da nord-nordest, pressione 1018 millibar. Un buon marinaio potrebbe raggiungere la costa greca in quattro giorni. Nel golfo deserto, un'unica vela: la mia. Ha messo la prua a oriente, perché è lì che ci si orienta. È un chiarore diffuso tra il giallo e il mandarino che cresce oltre il monte.

Ore 6.44. Il primo raggio trafigge il campanile di Contovel, sul ciglione carsico. Mancano pochi minuti. Il silenzio è totale, la città deserta. I gabbiani, due-trecento metri più in alto, diventano giallo oro. Vecchio Dante, perdonaci tutti per non aver capito. Cos'è il Paradiso se non accontentarsi della luce e lasciarsi alle spalle la bramosia dell'inutile? La percezione dell'essenza? Da questa magnifica coffa sento di poter intuire l'Aleph, la totalità concentrata in un unico punto radiante.

Ma ecco il Sole. Esce come un grido. Sono le 6.58.

6 aprile

Venticinquesimo giorno di quarantena. Mi sveglio di soprassalto. Ho sognato di aver trovato il numero di telefono di mio padre. Un numero per l'aldilà, ovviamente. Cerco di ricordarlo, ma non ci riesco. Manca il prefisso. E lì mi accorgo che il vecchio se n'è andato esattamente quarant'anni fa, ai primi di aprile. Mi ha telegrafato il suo anniversario, il mio dolce ufficiale gentiluomo. Devo elaborare l'emozione, tornare sul veliero.

Salgo con una copia di *Moby Dick* in inglese, più taccuino e binocolo. Il Sole è previsto alle 6.56. Lo aspetto, Pasqua è vicina, è come attesa della resurrezione. I gabbiani si sono già levati per salutare l'attimo. E volo anch'io, volo sull'Europa come Nils Holgersson a cavallo della sua oca. Vedo un camionista bloccato al confine ungherese e un medico sfinito nell'inferno di Niguarda a Milano. Le orazioni dei monaci in un'abbazia irlandese e un ladro che scassina un negozio alla periferia di Madrid. Un bimbo in Oncologia all'ospedale di Créteil a Parigi, che saluta il papà attraverso un vetro, e una prova d'orchestra online tra i Berliner Philharmoniker. Il custode di un faro solo nella tempesta, e le ombre spaurite di anziani in una casa di riposo.

Ricordi? Visioni? Non so. Da qualche parte, forse in Polonia, c'è anche un vescovo che si fa servire la colazione dalla perpetua e un nonno che dal suo abbaino improvvisa un teatrino di marionette per i bimbi affacciati alla casa di fronte. Vedo le centrali d'ascolto dei servizi segreti moscoviti e i corpi dei naufraghi che fluttuano nei fondali dello Jonio. Più lontano, una donna sola partorisce in una casa di Brooklyn e un maschietto delira di febbre in un villaggio somalo. Uno dei quindicimila bambini che moriranno oggi, come ogni santissimo giorno sulla Terra, di miseria e senza far notizia, mentre qui notiziari martellanti ci convincono che il coronavirus è l'unico male del mondo.

Tornare di sotto è dura. Ma ti risolleva l'Uomo, sempre imprevedibile. Marianna, che ha una tribù da nutrire ed è un'esuberante dispensatrice di cibo, idee e solidarietà, ha costruito una chat fra inquilini per celebrare una Pasqua comunitaria pur in assenza di contatto. È un modo per andare oltre le formalità da ascensore, tipo "come va, prego, passi lei". Si fantastica di una mega-grigliata, poi si ripiega su cose più praticabili, torte salate, uova dipinte, omelette, cuscus. Ma è dall'inizio dell'influenza cinese che c'è uno scambio di coccole alimentari. Su e giù per le scale sono già transitati con ogni cautela muffin con gocce di cioccolato, pasta 'ncasciata stile Camilleri, ribollita, biscotti, cialde di risotto saltato alla milanese.

È quello che Marco, amico irpino dalla penna acuminata, chiama il welfare del Sud – grande sostituto dell'assenza dello Stato – e che stavolta, grazie a un virus, ha "contaminato" il Nord.

7 aprile

E così sono tornato ancora, da clandestino, sulla tolda del *Pequod*. Mentre aspettavo l'alba, una linea anomala, come di risacca, si allungava sul mare. Ho preso il binocolo. Tonni! Erano anni che non se ne vedevano. Cielo d'alta montagna, con l'alba da un lato e dall'altro la Luna piena che scendeva come un contrappeso, e tu lì in mezzo, a fare da perno al bilanciere. Percezione assoluta di centralità, come in un faro sperduto in mare. E ho volato di nuovo sui tetti, verso altri mondi. Era la riconquista del tempo. Per la prima volta ne bevevo a sorsate, senza limiti. Ecco perché non soffrivo di assenza di spazio. Era il "qui e ora" perduto, che tornava. Allora ho sentito una voce femminile gridarmi uno squillante "buongiorno!". Era una tipa che salutava il marinaio dal bastimento accanto, a trenta metri di distanza. Ero io quel marinaio che, tornando alla realtà, si accorgeva di essere sfinito. In un attimo era come se avessi sfiorato l'essenza del dolore e della bellezza della vita, la visione della catastrofe e allo stesso tempo del potenziale di solidarietà che può ancora evitarla. Autosuggestione? E allora? Sia benedetta l'autosuggestione, se serve a farti capire che troppe notizie in tempo reale sono in realtà l'assassinio del tempo. Meglio sprofondare in se stessi. Diventare sommozzatori. Lasciarsi andare, come in un amplesso. È allora che il tuo sguardo diventa aeronautico.

Giuseppe Nardi dirige l'unità operativa di anestesia e rianimazione dell'ospedale di Rimini, una macchina che funziona a meraviglia e ha superato brillantemente la prova dopo una fase di emergenza grave. Tempo prima era stato escluso senza motivo dal concorso a primario presso l'ospedale di Perugia, regione Umbria, governata dalla sinistra. Col suo curriculum avrebbe vinto alla grande, ma si preferì lasciare il posto ad altri. Ricordo quando molti anni fa a Trieste il consiglio di facoltà di Lettere, pure di sinistra, propose l'assunzione di un docente e il professor Giuseppe Petronio, luminare di letteratura italiana, obiettò: "Ma è un mona!". Gli fu risposto: "Sì, ma è un mona nostro". Allora lui ghignò: "Vabbè, mi taccio".

8 aprile

Mi sembra di vederlo Alessandro Dalla Gasperina, sessantasette anni, che anche oggi, al tempo della peste, si barrica ogni mattina nella sua libreria Agorà (chiusa al pubblico come tutte le altre in Italia) nel centro di Feltre, Prealpi bellunesi, per ricevere gli ordini. Lo chiamano lettori di ogni tipo. Studenti che preparano la tesi, anziani soli, bambini che hanno bisogno di storie, adulti che non hanno mai letto un libro in vita loro. Nel pomeriggio prende la macchina, indossa guanti e mascherina e va a fare le consegne a domicilio, con permesso speciale strappato alla prefettura, fin su nelle valli, anche a venti, trenta chilometri di distanza. Il mondo si è fermato e con l'angoscia, unita alla quarantena, i libri diventano importanti, fanno compagnia, fanno viaggiare. Alessandro si è battuto per tenere aperto, ma non ce l'ha fatta. I libri non sono considerati un bene primario. Così si arrangia. Fa tutto da solo, pur di non mollare la sua trincea. Anzi, la sua "Farmacia dell'anima".

Prima il web, poi Amazon, poi l'ignoranza dilagante hanno distrutto il lavoro dei librai liberi. Il virus ha dato loro una bastonata pazzesca, proprio ora che il parlamento ha votato all'unanimità una legge di sostegno al settore. "Stiamo morendo," mi dice con la voce consumata dall'insonnia. Ho lottato tutta la vita per la libertà e vorrei inondarlo di ordini, se non altro per riconoscenza, ma sta troppo lontano. Uomini così dovrebbero diventare ministri, ma nemmeno il Veneto si accorge di loro. Li rifiuta, anzi, perché parlano troppo chiaro. "Già gli squali si stanno approfittando del momento, e noi siamo ostaggio di un sistema sanitario e politico-economico che ci porta alla rovina... Guai, guai a delegare la democrazia proprio ora... Questo è un Paese distrutto moralmente ed eticamente, che non ha più la forza per protestare! Io giro con i miei libri e mi sento quasi un illegale, un pusher, tutte le volte che un lettore sulla porta di casa mi lascia una busta con i soldi sullo zerbino per evitare il contagio... Siamo allo scambio di bustarelle, capisci? Lavoro da cinquant'anni e ho raggiunto la povertà. Niente male come risultato, no?" Ecce Italia.

Parlo col servizio di assistenza sociale del Comune di Trieste. Il suo numero verde è sommerso di richieste al punto che si è disposto un rinforzo di personale. La sofferenza peggiore è quella che non si vede. Mogli picchiate, case sovraffollate, crisi di astinenza da alcol e droga. Il Covid-19 ha accentuato la disperazione dei deboli. Ma c'è una cosa buona che si fa strada. La consapevolezza del mal comune. "Ci sono meno lamentele del tipo 'date tutto agli altri e a me niente', meno atteggiamenti aggressivi e di pretesa. E più pacatezza nel rapporto con gli operatori."

Mi chiedo se sia iniziato un cammino verso una maggiore autocoscienza. Il venti per cento del mondo va in crisi, ma il restante ottanta per cento è in sofferenza da sempre. Stiamo male? Ma di cosa stiamo parlando, se in tre miliardi non hanno nemmeno l'acqua potabile? Ha ragione il papa: o cominciamo "a puzzare come le nostre pecore", o siamo finiti.

9 aprile

Uscire dopo quattro settimane può essere uno choc. A me sono bastati pochi minuti per rientrare precipitosamente in quarantena. Non ero preparato. Di norma, quando mi sento a terra, una passeggiata mi rimette in sesto. Stavolta niente. Eppure avevo tutto: sciarpa, guanti di gomma, autocertificazione, in tasca un motivo valido (avviso di mancata consegna di raccomandata postale) e in corpo una voglia matta di toccare e annusare, dopo quattro settimane di clausura. La giornata era di una bellezza gloriosa, gli alberi di Giuda in fiore, i glicini pronti a esplodere con canto di cinciallegre e donne al sole sulle terrazze come in un quadro di Hopper.

Ma appena fuori la luce mi ha accecato e mi sono sentito nudo, inerme, ridicolo con quella bardatura. Fluttuavo, con pochi altri "sopravvissuti", in un silenzio da *day after*. Tutto viveva, tranne l'umanità. Un inatteso senso di impotenza mi possedeva. L'impressione che la libertà fosse finita, che stessimo consegnando i nostri corpi a un algoritmo, che fossero già troppo sfiniti per progettare insieme un futuro diverso. La mia energia, risucchiata in un lavandino. Ho mostrato come un ebete i documenti a due vigili urbani, e lì ho capito che non sarei mai arrivato all'ufficio postale.

Ho cercato in tasca l'avviso di mancata consegna ma con quei guanti assurdi non riuscivo a palparlo. Stavo entrando in una comica d'avanspettacolo. Vedevo l'uomo che si toglie il guanto della mano destra, ma il guanto si rompe. Poi l'uomo scopre che c'è un buco nella tasca e l'avviso è scivolato giù. Per recuperarlo dovrebbe abbassarsi i pantaloni. Intorno, solo pochi passanti, ma quei pochi lo guardano. Allora l'uomo torna a casa quasi di corsa. Suona freneticamente il campanello, sconfitto. Fine del film.

Una volta a casa, mi sono chiesto come fosse potuto accadere. Ci stiamo disabituando alla libertà? Davvero usciremo con una pelle nuova dalla quarantena? Oppure stiamo diventando come il gatto della vicina, che ronfa tutto il giorno sulla stufa?

Forse sto solo invecchiando, e aprile, il più crudele dei mesi, mi dà semplicemente la misura del decadimento. Ne parlo con Michele, che di energia ne ha da vendere. "Papà," mi dice, "non sottovalutare il peso della clausura." Vivere così è faticoso, contronatura. La coppia rischia di andare allo scontro o, all'opposto, di trasformarsi in una triste Spa di mutuo soccorso. Compagni di cella. E poi c'è il panico generalizzato di un mondo che scompare. Per non parlare della claustrofobia delle famiglie numerose, della solitudine dei vecchi, della disperazione dei poveri. Di fronte a tutto questo, mi dice, "è liberatorio ammettere di non essere forti". Poi mi decolla verso il cielo delle grandi visioni. Cose come:

"Il virus sta accelerando la presa d'atto di un processo", "Va ripensato il rapporto tra comunità e spazio, vitale per la democrazia". E ancora: "Oggi vince chi sa dialogare con pensieri politici diversi, in nome di pochi grandi obiettivi. Bisogna tornare a parlarsi e non più a guardarsi allo specchio".

I giovani l'hanno capito. Come l'amica Lidia che, a mille chilometri, dalla Basilicata, mi notifica su WhatsApp: "Il mondo delle contrapposizioni è finito. Ora conta l'ascolto, che meglio rispecchia il fluire e il costante trasformarsi dell'esistenza. Rivalutiamo la congiunzione 'e', per rivalutare la pluralità".

Forza, si ricomincia. Domani si preparano le uova colorate. E finalmente non si parla di calcio.

Aspettando la balena bianca

10 aprile

Gli animali selvatici la notte entrano nella città vuota. Vanno dove vogliono, si abbeverano alle fontane. Mi segnalano caprioli in zona stadio e cinghiali a Roiano, quasi sul mare. Intanto, in pochi si accorgono che il cielo è semivuoto e le rondini sono in sofferenza. In Grecia, mi scrive Macrì dal suo buen retiro ellenico, stanno morendo di freddo per un gelido Meltemi fuori stagione, mentre a Berlino stanno già nidificando. È il contraltare degli incendi che hanno devastato l'Australia. Non piove da mesi, la campagna soffre, ma il mondo urbanizzato ha perso il contatto con la campagna e non vede. Ricordo un sindaco del Mugello che non si era reso conto che il fiume del suo paese era in secca, risucchiato dai lavori dell'alta velocità Bologna-Firenze. Dovetti portarlo sul ponte per farglielo vedere.

Presto i cinghiali balleranno il valzer in piazza Maggiore, mentre gli eccelsi politici locali terranno consiglio comunale via web, senza accorgersi di niente. La famosa invasione degli orsi in Sicilia sarà nulla al confronto. Divinità silvestri offese stanno penetrando nel nostro mondo. Il patto tra uomo e foresta si è rotto, gli occhi del fauno ci guardano dalle siepi come i mostri nati dalle uova fatali di Bulgakov. Il Minotauro è uscito dal labirinto. Pensieri da Venerdì Santo, da Pesach degli ebrei, con le nuove piaghe d'Egitto che propiziano visioni bibliche, più che evangeliche, e ci avvertono che abbiamo provocato il Dio, infranto il tabù, superato il limite, ibridando il pipistrello con l'uomo. Momenti in cui ci si chiede se questa religione della crescita illimitata non abbia già prodotto uomini lupi, uomini sciacalli, uomini maiali, uomini avvoltoi.

Ma la sera me ne torno sul tetto, fra gli abbaini, come Arsenio Lupin. O forse come un gufo. Addossato a un camino, con una birra in mano, ascolto il silenzio delle campane con la mia compagna. Mi sono tolto le scarpe. Venere è già uscita, dei cani si chiamano da qualche parte, lontano. Il faro di Pirano pulsa, le luci della diga, una rossa e una verde, sono già accese. Aria immobile. Dopo giorni di bora, le navi alla fonda hanno messo la prua a ovest, dopo aver ruotato attorno al cardine dell'àncora. Un motoscafo del servizio Piloti esce verso un traghetto turco in arrivo, lasciando una scia curva di schiume. Intanto, una farfalla di nome Vanessa sale a spirale da un cortile attratta dall'ultima luce, si ferma su una grondaia e mostra una livrea vellutata marrone scuro con macchioline bianche e arancio acceso.

Ripenso a te, mio capitano. A quella sera di Cnido quando attraccammo a un pontile malandato ai piedi di imponenti rovine greche, soli, accanto a una locanda e a una casermetta della Marina turca. Tutto si teneva, le luci, lo sciabordio, la retsina, il gemito del fasciame, il fruscio degli olivastri. Accendemmo i lumi a petrolio e, mentre Venere sfolgorante tramontava in mare, tu ci narrasti della statua di Venere di Prassitele che duemila anni prima aveva richiamato lì migliaia di pellegrini. Raccontavi, e la città morta già brulicava di ombre di marinai, mercanti, maestri d'ascia, schiavi, nocchieri, puttane e briganti. A ovest, un tremendo faraglione separava l'Egeo dal Mar d'Oriente. Un confine autentico, dicesti, non un'invenzione degli umani. Fino a quel momento ci avevi fatto zigzagare fra Grecia e Turchia, sulle rotte dei migranti, apposta per mostrare l'assurda divisione fra Europa e Asia che il mito sbugiardava.

Ma ecco che, a svegliarmi dal ricordo, in cielo si scatena un improvviso traffico di grandi migratori, parallelo alla costa. Stormi di centinaia di oche, alcune in formazione a V come le ali di un boeing. Ciascuno cerca il suo vecchio corridoio aereo per il Nord. Una coppia di pipistrelli senza colpa già frulla nell'aria, s'intreccia, s'impenna, si divide, si esibisce in cabrate spettacolari e impossibili virate, senza mai planare, senza un singolo stallo. Aspetto la balena bianca, issato sull'albero maestro, come Achab, quando fiuta il Leviatano a miglia di distanza in una calma notte equatoriale. La Luna.

Ed eccola che emerge, come una montagna di neve. E domani, a mezzanotte del Sabato Santo, si sleghino le campane, e le campane diano il segno di un fracasso generale fatto di campanacci martelli pentole tricche tracche padelle mazzi di chiavi e campanelle. Tutto purché si interrompa l'incantesimo di questo interminabile silenzio.

11 aprile

Cosa non si inventa in quarantena. Anche lo sci in corridoio. Da orfano degli inverni di una volta, quando penso alla libertà sogno di attraversare boschi innevati. E così, ogni sera, da quando c'è il coprifuoco, scivolo sul parquet di casa per un'ora con calzettoni di lana al posto degli sci, facendo pendolare le braccia stile passo alternato. Senza racchette, ovviamente. Fondale immaginario: la Finlandia. Musica preferita: le ouverture di Rossini o la colonna sonora di *Grand*

Budapest Hotel. La mia compagna mi segue un po', ci incrociamo ogni tanto, all'uscita dalle stanze rischiamo di investirci e ci vien da ridere. Ma il moto fa bene, ed è un piacere farsi la doccia e cenare con abiti puliti.

Fino a ieri ha funzionato. Ma oggi, Sabato Santo, mi sono sentito di colpo assurdo. Un criceto nella ruota. Un mona, si direbbe qui. Sono uscito in terrazza, ho guardato la città avvolta in un silenzio da paura e mi sono detto: cosa sto facendo? Com'è che noi italiani ci infliggiamo la clausura più stretta d'Europa, con costi umani ed economici incalcolabili? Siamo così ubbidienti per responsabilità o conformismo? Il senso civico non si fa in quaranta giorni; non basta la retorica della bandiera. Una volta finito tutto, ci daremo come prima al chissenefrega o saremo diventati più sensibili al bene comune? Resteremo il gregge di sempre, eternamente orfano dell'uomo forte, Francia o Spagna purché se magna? Mi capita persino di pensare che la democrazia sia troppo per gli umani.

Vivo come in un gioco di società: dai, cara, facciamo finta di essere la Germania Est. E zac, ti ritrovi in Germania Est per sempre. Con i carabinieri che arrivano in elicottero a multare un poveraccio, solo su una spiaggia enorme, mentre rasoterra l'illegalità dilaga. "Non voglio rassegnarmi," mi scrive Antonio dalle Calabrie. "Voglio vendere cara la pelle."

Penso al mio nipotino a Zurigo. Ha sette anni e può uscire, anche da solo, ma sa le regole dell'emergenza, perché alle regole è abituato dall'asilo. Già da piccolo mi sgridava, se passavo a piedi col rosso nonostante la strada deserta. E mi impartiva una formuletta imparata a scuola: *Warte, Luege, Lose, Laufe*, "aspetta, guarda, ascolta, vai". A scuola ci andava puntualissimo, senza mai dimenticare il giubbotto giallo fosforescente. E guai ad accompagnarlo. Da bravo ometto, è già da un anno che fa la strada da solo. Il papà, a casa col telelavoro, ogni sera corre otto chilometri per boschi e parchi. È italiano, ma ha imparato le regole. Sa che il jogging è consentito, se tieni le distanze. E sa di avere alle spalle una sanità pubblica diffusa, non dilapidata e pronta all'emergenza.

Neanche il virus è servito. L'Ue continua a comunicare male. Interviene, sostiene, sorregge, ma non sa dirlo. Un'incapacità comunicativa sconvolgente. Eppure, quando descrivo in pubblico l'Europa in termini emozionali, quando sorvolo questa mia terra di fiumi, montagne, città, e ne racconto la storia, la platea si commuove, e alla fine uscirebbe sventolando la bandiera blu. Ma a Bruxelles non ne tengono conto. Tutto bloccato ad alto livello.

Che la Brexit fosse un suicidio gli inglesi l'avrebbero capito in breve se, con il Covid-19, l'Unione non avesse litigato sulle strategie di soccorso al punto di convincerli di aver fatto la scelta giusta. Faccio una lunga chiacchierata con Londra, perché voglio capire. All'altro capo del filo c'è il musicista italiano Dimitri Scarlato, capo del dipartimento Composizione per il cinema al Royal College of Music, rappresentante di punta dei tre milioni di europei d'Inghilterra che si sono battuti contro il divorzio dall'Ue: "È stato grazie alla Brexit che ho scoperto l'Unione europea e le ottime cose che fa. Ho capito che ci offre uno scudo protettivo che in tanti vorrebbero smantellare, e che, in ordine sparso, le nostre nazioni non andrebbero da nessuna parte. Sarebbe semplicissimo da spiegare, ma non lo si fa. Serve una boccata di freschezza narrativa, fantasia, invenzione. Un esempio? Un *Inno alla gioia* suonato in tutte le diverse sonorità dei Paesi membri. Speriamo che si muova qualcosa".

12 aprile

Sto diventando un uccello notturno. Sono le tre del mattino e già giro per casa. Svolazzo nel buio, come un gufo, in preda a un'impotenza insopportabile. Avere amici e non poter dire: per qualsiasi cosa ci sono. Guardare la natura in fregola e non poter uscire. Assistere senza far nulla allo spettacolo miserevole dei governi dell'Unione. Vedere la democrazia a pezzi e non riuscire a manifestare in piazza. Sentire il telefono intasato di messaggi che non risolvono niente. Sapere che una persona cara muore in casa di riposo e non poterle stare vicino. L'insinuarsi di qualcosa di maligno, di un silenzio che invita alla resa per stanchezza, come a Praga dopo l'invasione sovietica. Nemmeno il Kgb ci controllerebbe in modo così efficace. Siamo diventati tracciabili in ogni atto, anche il più intimo. Dittatura, ma con un altro nome. Un virus più letale del Corona.

E poi, il rischio tremendo di abituarsi. Noi italiani soprattutto, perché assai poche volte l'Italia "s'è desta" sul serio. Tanto più che questa quarantena si ammanta di un innegabile fascino claustrale. Invita alla preghiera, unisce la famiglia, ti fa rallentare e riscoprire cose che hai trascurato. Dentro, il guscio sicuro; fuori, l'incertezza. Chi scrive, poi, ha bisogno di limiti, perché il bisogno di superarli (*L'infinito* di Leopardi!) dilata il pensiero. Ma anche la dittatura, per Dio, si nutre di limiti, e allora sarà fatale uno scontro fra l'anarchia della creatività e un potere politico-economico tentato dalla dittatura. Forse la cultura tornerà a essere *samizdat*. Mi perdo in un labirinto di pensieri. Ma il corpo chiede tregua. Alle quattro ho già fame, apro il frigo come un ladro e, tra un piatto di verze spadellate e la mortadella, scelgo la seconda, e vaffa... il mondo. Con un bicchiere di birra. A notte fonda.

Piccolo briefing di famiglia. Cerco spesso i figli se ho bisogno di guardare al dopo. Ho l'impressione che i media evitino l'argomento, e lo facciano apposta. Comincio da Michele, il più visionario. Non esita: "La risposta è: comunità, comunità, comunità. Il nucleo originario. Chi non ce l'ha, soccombe. Il mito dell'uomo che si fa da sé, che non chiede mai e ottiene ciò che vuole, è morto e sepolto. Vince chi sa cantare in coro e si fa guardiano della biodiversità. Papi, non ho mai visto tante consegne di prodotti di comunità come in queste ore". Mi parla di orti di gruppo, caseifici, cooperative: tutte grandi innovazioni laiche, ma è come se elencasse le virtù dei monasteri che fecero rinascere l'Europa dopo il crollo dell'Impero romano. "C'è tutta una fetta di terziario superfluo che si sta sgretolando." Il gigantismo è finito. Compagnie aeree a terra, transatlantici fermi, Venezia vuota, Colosseo deserto. Pachidermi in estinzione.

Andrea, l'altro mio figlio, va più sul pratico: "Liquidità, subito, o a breve la gente assalterà i supermercati. Detto questo, vedo un mondo che dopo la crisi sarà più efficiente, più attento all'ambiente e più prudente nel delocalizzare. C'è anche più sensibilità verso la vita in comune per evitare gli sprechi". Spero tanto che abbia ragione.

Lettera di Pasqua ai vescovi da parte dei missionari comboniani, da sempre scomodi e da sempre in prima fila tra gli Ultimi del mondo: "In questi giorni sono in corso vere e proprie lotte per il cibo a Nairobi, Ouagadougou, Johannesburg. Ma anche in Italia molte più persone sentono i crampi della fame e bussano alla porta delle nostre Caritas". E lì, non senza una vena di polemica, a proposito delle chiese ancora chiuse per decreto governativo: "Abbiamo notato la tempestività con cui avete rivendicato la libertà di culto... e vi chiediamo la stessa determinazione e prontezza laddove la carne di Cristo è trafitta nei più poveri e abbandonati. [...] La celebrazione eucaristica continua nell'accoglienza dei migranti, nella pratica della giustizia sociale, nella promozione della pace e dei diritti umani, nell'impegno con gli Ultimi". E, alla fine: "Questa pandemia ci insegna che è tempo propizio per iniziare una nuova storia e avere lo stesso coraggio [...] degli apostoli che hanno abbandonato il cenacolo, dove erano rinchiusi per paura, per uscire ad annunciare il Vangelo della vita".

Prima fu la cultura del profitto. Il profitto si liberò delle regole e generò schiavitù, sfruttamento, incuria, speculazione e consumo sfrenato. Poi il consumo smembrò le famiglie, generò solitudine e diffidenza. La diffidenza produsse paura, e popolò il mondo di nemici. La libertà divenne voglia di farsi gli affari propri e spinse molti reggitori a vendersi al profitto per un piatto di lenticchie. Intanto anche il corpo, anche la malattia, anche la morte, ci venivano espropriati ed erano resi fonte di profitto. Il mondo dilapidato lanciò segnali di avvertimento: estati come fornaci, alluvioni, ecatombe di foreste, crollo di ponti. Gli uomini non ascoltarono, e venne la peste che li sterminò. ma la stessa peste indicò loro la strada della redenzione. L'Europa non era mai stata così bella, il mare così pulito. Solo allora essi tornarono al sudore della fronte e alla terra che avevano abbandonato. Videro nuovamente la luce, perché erano passati attraverso le tenebre. E capirono il senso della morte e resurrezione.

Mi chiedo se la pandemia ci indirizzerà verso un mondo di felice sobrietà, nel rispetto della finitudine del mondo. Se rinsaviremo, oppure tutto tornerà come prima, portandoci al disastro. Ancora David Maria Turoldo: "Signore, non preoccuparti se gli uomini non parleranno più di te, perché saranno le pietre a farlo". Intanto, le chiese vuote anche nel giorno di Pasqua, sepolcrali appunto, mai come stavolta ci danno il segno che il Sepolcro è vuoto, e che Lui è altrove. Risorto. Nella vita che continua, anche senza di noi.

13 aprile

Sono tornate le api! Ecco un magnifico segnale di speranza. Me ne parla Antonio, eccitatissimo, da Treviso. L'aria pulita ha fatto il miracolo. Da Trieste ho la stessa bella notizia. Nonostante il freddo e la bora di qualche giorno fa, le arnie brulicano di vita. Livio, esule istriano di novant'anni ancora attivo apicoltore, quasi piange di commozione. "Ci sono! Ci sono!" esulta al telefono, "stanno bottinando, hanno già da mangiare a sufficienza!" E mi comunica che anche le mie api stanno bene. A gennaio, dopo aver visto uno spaventoso reportage sulla loro moria causa diserbanti, ho pensato di adottare quattro arnie nel Consorzio degli apicoltori triestini, scoprendo che le api di città raccolgono nettare migliore perché i veleni, oggi, stanno in campagna. Così arriverà il miele d'annata 2020. Il migliore degli ultimi anni, grazie alla peste.

Durante il pranzo di Pasquetta ho fatto l'elenco dei desideri. Filare in bicicletta senza meta. Dimenticare internet. Lasciare il telefono. Diventare irreperibile. Vedere un fiocco che si dispiega a prua mentre la barca prende il largo. Bighellonare sui moli. Andare al cinema sotto casa e rivedere *Quattro matrimoni e un funerale*. Pascolare in libreria anche solo per annusare l'odore della carta stampata. Farmi insaponare dal barbiere. Raccogliere asparagi selvatici. Prendere un treno qualsiasi anche solo per trenta chilometri e tornare a piedi. Irene sogna di comprare terriccio e piante aromatiche in un vivaio e tulipani freschi nel suo negozietto sul Canale. E poi mangiare fuori: un panino con la mortadella su uno scoglio, un gelato consumato camminando sulle Rive, sardoni impanati su un tavolino all'aperto al Salvagente, una liberatoria Ljubljanska dal mitico Mahnič oltre confine. E l'eterna, italianissima pizza.

Resisto, per autodisciplina, ma ogni tanto la voglia di evasione si riaccende con violenza. Transumare, sgroppare, bighellonare, cantare, persino non far niente. Solo a un gigante come De Maistre poteva bastare una stanza. Non è tanto la voglia di andare lontano, è il bisogno dell'Altro, della sua carne. Se no, perché Dio si sarebbe fatto uomo? Abbracciare, annusare, toccare, fare capriole, levarsi le scarpe su un prato, aspettare un temporale di primavera. Rivedere i nipotini, che ti scappano tra le mani, portarteli in un campeggio che sai, a dormire in una casetta sull'albero.

14 aprile

Oggi non scrivo nulla. Fuori c'è bora scura e la mente chiede tregua. Ho riempito troppi taccuini, troppi foglietti. Ce n'è d'avanzo fino a giugno, un accumulo intollerabile. E meno male che c'è il sogno, che fa viaggiare e addolcisce gli spigoli. C'è chi fa sogni amniotici, io sogno di volare. Vorrà pur dire qualcosa. Oggi niente diario. *Vivere necesse*. Cucino e basta. Purea di cavolfiore con la bottarga. Navigo tra i libri, accendo il fuoco, coltivo la letizia. Mi libero dalla tirannia del fare. E mi autoassolvo con formula piena, *in nomine Patris et Filii et Spiritus Sancti*.

Ricominciare dal pane

15 aprile

Evviva. Le rondini hanno riempito di nuovo il cielo, in ritardo di un mese. Erano rimaste bloccate in Grecia causa gelo fuori stagione. Le prime voci della mattina sono le loro, portano il profumo dei ciliegi in fiore. Le voci, essenza mirabile della vita. In giornate simili canta anche il lenzuolo del letto, quando lo rifai al mattino, strattonato come la vela di randa che viene issata con la prua controvento. Come il buongiorno della pescivendola, i richiami dei bimbi nei cortili, le campane della sera.

Siamo morti in tanti a causa del virus. Ma in quanti siamo rinati grazie all'aria più pulita? In quanti siamo guariti del tutto? Non vedo in giro Capitani Coraggiosi capaci di riflettere su queste cose e pilotarci verso una rinascita. Eppure è questo il momento di agire. Quando, se non ora, che l'evidenza del misfatto è schiacciante? Ma il vecchio sistema non vuole morire, sfrutta la nostra inerzia, eccita i particolarismi, alza cortine fumogene mediatiche per impedirci di vedere che il futuro sta cambiando radicalmente, che l'orizzonte dovrà essere più verde, comunitario e meno tecnocratico. La politica è serva di un'economia superata, gli organismi internazionali languono proprio ora che serve un deciso salto di qualità. Intanto, il potere finanziario e le mafie sguazzano nella crisi. L'amico Pietro Laureano, paesaggista e studioso del mondo mediterraneo, l'uomo che ha riscoperto Matera e la civiltà rupestre, è allibito dal silenzio della politica sugli scenari del dopo: "Ce ne fosse uno che discuta sul come saranno spesi i soldi della ripresa, a fine emergenza. L'abbiamo capito o no che si deve privilegiare chi non inquina? Che si deve tornare all'Italia dei borghi? Che esiste nel Paese un'enorme creatività sommersa ignorata?".

Vedo che i sovranisti difendono a spada tratta la sanità lombarda lottizzata, corresponsabile del disastro, e nello stesso tempo dichiarano superati i medici di base. Medici che, mai come oggi, avrebbero impedito agli ospedali "lumbard" di registrare letali intasamenti. Anche nella mia regione la Lega, appena al governo, ha smantellato i centri di assistenza primaria e il progetto di rete fra medici di famiglia. C'è una micidiale coerenza in tutto questo. Dietro c'è la stessa logica concentrazionaria, perfetta per il sottogoverno, che trasforma in carcere i centri di raccolta per migranti e blocca un'integrazione territoriale già avviata con successo. Col risultato che gli stessi centri, privati dei fondi, finiscono per essere gestiti da poteri non tracciabili e diventano a loro volta potenziali diffusori di virus, come le case di riposo. Peraltro, i nuovi, disinvolti gestori, vinto l'appalto al ribasso a detrimento della qualità del servizio, possono far quadrare i conti solo pompando il numero dei reclusi. Dunque incoraggiando l'immigrazione selvaggia, anziché rallentarla. Da quando il Centro migranti di Cagliari è entrato in questa logica, per esempio, si è aperto un nuovo canale di immigrazione dall'Algeria. Il contrario di quanto ha sempre vantato Salvini.

16 aprile

Si ricomincia dal pane. Ogni due giorni dei bomboloni grossi così, con l'incisione a croce. Da Treviso, Antonio mi sfida a chi lo sforna più bello e nelle foto che ci scambiamo par di sentirne il profumo. Per la prima volta ho le dita infarinate e devo stare attento a non imbiancare la tastiera del computer. Fare il pane non è un lavoro: è un rito fatto di attesa e cura amorevole. Per non parlare della gravidanza e del parto di quella creatura calda tra le mani, appena sfornata da un'incubatrice, cui manca solo la parola. Impastare, che godimento: specialmente ora che non puoi toccare anima viva e tra te e il mondo ti hanno inflitto un'intercapedine di caucciù. E poi quella trepidazione guardinga che ti dà il rapporto con il Grande Fecondatore, il lievito madre, che non a caso chiamano "madre" anche se è maschile. Levare... e tu ti senti levatrice.

Stamattina ho aperto il frigo e lui era uscito nottetempo dal barattolo per colare nei piani bassi, creatura viva come il Genio della Lampada; arcana fermentazione figlia della birra e del Nilo. Le tombe egizie mostrano il panettiere come il titolare di un'arte nobilissima. Oggi il viandante sulla Via Appia ritrovata avrà come passaporto il pane quotidiano col timbro calligrafico della prima strada dell'umanità, come per dire che, se il grano e l'acqua cambiano da paese a paese, la leggenda rimane una, santa e irripetibile.

"La strada sotto casa mia pare un box della Ferrari. Si fa a gara per scaldare il motore. Minimo venti minuti al giorno." Così, da Palermo, Franco La Cecla, antropologo che ha lavorato col filosofo Ivan Illich, feroce critico dell'istituzione medica, uno che oggi ci sarebbe assai d'aiuto. Insomma, mezza Italia aspetta di rimettersi al volante.

Io l'auto l'ho dimenticata: è sotto casa, ferma da cinque

settimane. Ho altri desideri: perdermi in un bosco a piedi, da solo, da partigiano, senza poliziotti o elicotteri intorno, e soprattutto senza quel popolo di invidiosi fancazzisti e aspiranti sceriffi così presente a Trieste (eredità ahimè asburgica ancor viva in Austria, terra dove la delazione è un comandamento sociale) che oggi si sentono autorizzati a denunciarti per un'inezia. Che vadano in malora: oggi sono affamato di infrazioni. Roba modesta, si tranquillizzi il maresciallo dei carabinieri. Le mie voglie si sono ristrette. Un anno fa sognavo le steppe dei Kirghisi. Oggi mi basterebbe un tuffo da un molo clandestino, in barba alla Capitaneria.

Mi chiama la scrittrice Susanna Tamaro dalla sua tana umbra. È indignata per i controlli che bloccano la vita in Appenino anche nelle zone meno contagiate: Umbria appunto, Molise, Basilicata. Denuncia "il peggio dello Stato di polizia" che sta dando il colpo di grazia all'Italia più autentica dopo il terremoto di Amatrice e l'insulto della mancata ricostruzione. "Chi è rimasto qui si è indebitato purché la vita non si interrompesse. Oggi vedo i piccoli artigiani e i negozianti alla canna del gas. Siamo quattro gatti, ma ci multano lo stesso, anche se usciamo da soli a camminare oltre il limite dei cinquecento metri da casa." Nella sua zona c'è un solo discount ed è fuori comune, ma se ci vai sei multato "come un delinquente" e poi sei costretto a fare ore di coda davanti all'unica botteguccia. "Ci trattano come bambini o imbroglioni. Applicano la legge alla lettera senza pensare che soprattutto i vecchi e i bambini hanno bisogno di aria e di luce. Preferiscono che tu finisca nell'aria condizionata degli ospedali, quella che ti frulla i virus e te li risputa in faccia?"

Conosco bene l'Appennino e so come, soprattutto nelle zone terremotate, stia venendo meno la speranza. L'ho toccato con mano a Camerino, a Norcia. Per non morire di fame, la gente svende case e terreni a stranieri che si comprano l'Italia più bella a prezzi ridicoli. La terra di San Benedetto e dei monti della Sibilla. Se diverremo la Disneyland dei russi o dei cinesi non sarà colpa del virus, ma di qualcosa di assai peggio: il cancro della burocrazia. La politica se ne accorge? "Mi si alza la pressione se ci penso," brontola Susanna. E a momenti ringhia, anche se è uno scricciolo alto così.

17 aprile

Si alzò, ed era ancora notte fonda / stelle filanti graffiavano il cielo / del Settentrione. Issò col vento giusto / le vele piene d'ombra per riprendere / la rotta abbandonata... Se hai ben dormito, alle cinque del mattino la mente è libera perché nel sogno hai viaggiato come il barone di Münchhausen. E poiché l'endecasillabo è il tempo del viaggio per eccellenza, quello a piedi, essa allinea spontaneamente le immagini secondo quel magnifico ritmo italiano. *...E noi si corse / veloci dietro a zampilli di pesci / fosforescenti; la prua nel beccheggio / tentava di trafiggere la cruna / dell'astro che fa perno all'emisfero.*

Sto lavorando sul mito di Europa, un lavoro improbo in versi. Gli amici mi chiedono: chi te lo fa fare? Il verso, appunto. È terapeutico, come l'amore. Aiuta a resistere. Se così non fosse, i tiranni non perseguiterebbero i poeti. La bellezza è l'antivirus più efficace. Ed è anche un perfetto ansiolitico. Invece di inghiottire un Valium, perché non leggere ad alta voce terzine della *Commedia*? Se fossi un medico, le prescriverei nelle ricette. Un'aspirina e dieci endeca ogni sera. Specie in momenti come questi. *Stendardi sfolgoranti come aurore / boreali tracciavano la rotta / nel firmamento chiodato di stelle.* Inesplorata potenza della metrica! Se la affronti scrivendo, impari ad armonizzare il passo con le sillabe, le pulsazioni del cuore e il respiro. E allora ti senti invincibile.

Da Buenos Aires, lettera di Bruno, *hombre vertical*, schiena dritta e grande cuore. "*Estimado amigo*, qui stiamo barricati per difenderci da un *provocador invisible*. Non posso dire che questo mi rallegri, però sentiamo un certo senso di rivincita rispetto *a los poderosos* che hanno dovuto ammettere la loro vulnerabilità. Ciò che accade mette in discussione la modernità *y la desmesura de la acumulación de poder económico*, ottenuta al prezzo di depredare *la naturaleza* e di mantenere tanti esseri umani in uno stato di *pobreza extrema*... Certamente l'Europa si trova di fronte a una sfida enorme in assenza di statisti al livello di quelli del dopoguerra, ma per fortuna *tenemos a un Papa que no anda con vueltas* e sta lavorando nella Casina di Pio IV con cervelli di tutta Europa per pensare al dopo pandemia. *Francisco es operante, no anda con indagaciones teóricas*... La Chiesa nei tempi di crisi ha sempre trovato *los conductores apropiados*... La cerimonia della Settimana Santa è stata *un ejemplo de austeridad*... e di potenza scenografica. Il messaggio Urbi et Orbi *es contundente*: '*...el que tenga oídos para oír, que oiga*'. Chi ha orecchie per ascoltare ascolti. *En la Octava de Pascua, afectuosos saludos y deseos de paz para ti y Irene*."

Mi dicono che, nel mezzo della peste, in Sicilia gli ospedali sono vuoti. Da Roma in giù la gente la pensa ancora come i nostri nonni: ci si ricovera solo per morire. Il Sud si cura in casa, fino all'estremo, che diamine. È anche per questo che nel nostro disastrato Mezzogiorno si muore da virus nettamente meno che al Nord, dove gli ospedali, soprattutto certi ospedali, sono stati grandi diffusori della pandemia? Pare che poca sanità possa in certi casi essere meglio di una sanità lottizzata e concentrata in mega-strutture, a loro volta ostaggio di un sistema assicurativo che si nutre di malattie. Che dire poi di un modello di carità che isola la sofferenza e fa del malato un corpo passivo, che non a caso si chiama paziente?

Ma il Sud ha anche altri "vantaggi". Essendo povero, viaggia meno e non sarà mai il terminal della Via della Seta. Per lo stesso motivo, inquina meno e, non avendo perso l'uso delle mani, delocalizza meno. E poi col cavolo che lì sono pigri. "Se hai la febbre," mi fa Marco Ciriello, sulfureo scrittore irpino, "qui vai a lavorare lo stesso, specie se lavori in nero." Ma avverte: "Attento a non cadere nello schema Sud buono-Nord cattivo". Un amico napoletano scherza: "Il virus a Sud non è sceso perché ha paura a entrarci".

Non è solo una battuta. Nel Mediterraneo la morte è assai più appariscente che al Nord. La si nasconde meno, mentre altrove è rimossa perché deprime i consumi. E poi i vecchi patriarchi regnano ancora in casa, sono meno ghettizzati nelle case di riposo, altro micidiale focolaio. A proposito, quando faremo un monumento alla badante, pilastro dell'assistenza italiana? Mi candido a primo firmatario.

18 aprile

Meno male che non ho la tv a rimbecillirmi. Quindici anni fa le ho fatto il funerale. Sul serio. Dopo un talk show pieno di urla e idiozie ho detto basta, e con amici ho organizzato le esequie. Le abbiamo tolto le parti infiammabili, l'abbiamo chiusa in un sacco e buttata in cortile dal secondo piano. Poi ne abbiamo composto pietosamente i resti su un'asse di legno coperta da un panno funebre, e l'abbiamo portata all'isola ecologica più vicina cantando *È morto un bischero*. Ci mancava solo Roberto Benigni a fermare il traffico. Da allora sono fedele alla radio, che a differenza della tv mi fa capire cosa accade davvero e contemporaneamente mi lascia la libertà di immaginare ciò che voglio. Lo so da bambino, quando ascoltavo le emittenti d'Oltrecortina, sognando le steppe, Taras Bul'ba e Tamerlano. È colpa della radio se ho voglia di viaggiare.

Ora che sono recluso, ho scoperto siti che mi permettono di ascoltare le voci del mondo e mi faccio dei viaggi che nessuna crociera e nessun aereo potrebbero regalarmi. Sul sito di Radio Garden c'è un mappamondo con una miriade di puntini verdi: le emittenti. Plani dove vuoi, clicchi e ascolti. In una polifonia di suoni, emergono i bollettini sulla pandemia. Lo capisco anche in arabo, perché "virus" e "corona" si dicono ovunque allo stesso modo. E come emerge il carattere delle nazioni! Passi dal rock metallico freddo di Ålesund, Norvegia, alle sciabolate consonantiche dei polacchi di Radio Bialystok; dalle sinfonie di Mariinskij Fm a Pietroburgo a Radio Sputnik Srbija che narra l'ennesima guerra balcanica, quella contro la peste. E poi il bordone bizantino di Radio Thessaloniki, i canti carovanieri dei sufi di Radio Sawt in Libano, le dieresi turcomanne dei telegiornali di Istanbul, le lezioni online impartite agli scolari da Radio B5 Aktuell in Baviera, la nenia nasale del muezzin su Holy Quran Radio Fm 94.7, dalla Mecca.

La percezione è panoramica. A sud dell'Himalaya vedi le masse indiane in fuga; a nord quelle cinesi immobilizzate dal governo. Senti la disperazione del Sudamerica ("Tremila bare di cartone per i poveri dell'Ecuador"), la strage dei barboni nelle megalopoli degli Stati Uniti, la tragedia dei migranti bloccati a Lesbo in Grecia, l'avanzata del virus nel cuore di un'Africa di cui nessuno parla. Capisci che a monte della pandemia c'è un modo al si-salvi-chi-può di cui i fuggiaschi dalla Libia o dal Medio Oriente non sono che le sparute avanguardie. Ti rendi conto della fortuna di essere europeo. La conferma ce l'hai proprio dalla densità di quei puntini verdi. Il vuoto assoluto in Cina, che ha un miliardo e passa di abitanti. Quasi zero nel mondo arabo. In Russia niente per migliaia di verste.

L'Europa, invece, una densità pazzesca. Vuol dire libertà di parola, che è la sentinella della democrazia. Non posso nemmeno pensare che una terra simile, smembrandosi, diventi una colonia degli Imperi dove regna il grande silenzio.

Alessandra ce l'ha fatta. È uscita da una febbre di cinquanta giorni. Mi scrive da Roma: "Ho pianto lacrime liberatorie, ho fatto una doccia, mi sono truccata, ho infilato i vestiti preferiti e sono andata a fare una lunga passeggiata. Non mi ero nemmeno accorta che fosse arrivata la primavera. Ora che ne sono fuori, riesco a vedere con più lucidità quel che è stato. Non ho mai provato in queste settimane un senso di smarrimento; al contrario, vedere tutto finalmente capovolto mi ha fatto sentire più a mio agio. Sarà che a me le logiche che muovono questo mondo non sono mai piaciute, sarà che per la prima volta vedo i 'vincenti' alle prese con le loro vulnerabilità, sarà che io sconfitta mi sento da una vita e quindi cosa vuoi che sia una sconfitta in più. Sarà che a me dei viaggi piacciono soprattutto le fermate, quando fissi i pensieri e disegni le mappe future. Questo tempo sospeso non lo vivo poi così male. Ciò che invece mi fa paura e mi fa temere il peggio in futuro è la mancanza di solidarietà, di amore in senso civico. In troppi restano a casa per paura, non per amore dell'altro. È devastante, soprattutto se quel sospetto diventa abitudine, se si spezza il fondamento dello stare insieme, dell'essere comunità. Potremmo ritrovarci ancora più soli di prima, vedere nell'altro una minaccia, come succede con i migranti. Con la differenza che quella è un'invasione inventata e questa è una tragedia reale. Per il resto, ho solo tanta voglia di partire. Ti abbraccio".

19 aprile

Con l'età mi commuovo facile. Succede quando un piccolo gesto sembra riassumere il mondo. È accaduto anche oggi, quando nello smartphone ho scoperto un breve filmato spedito da un'amica di Monaco di Baviera. Era Samuel, tredici anni, suo figlio: da una stoffa a fiori cuciva mascherine sulla vecchia Singer a pedale, che Coronavirus ha svegliato da un letargo di quindici anni in soffitta. La macchina da cucire della nonna. E lì ho pianto, e non riuscivo a smettere. Non era solo per l'idea di speranza e resurrezione contenuta in quel gesto, per il suo stupendo messaggio generazionale o per la bontà e dedizione che esso esprimeva, ma soprattutto perché dietro a quel gesto c'erano una coscienza civica e un rapporto di fiducia tra cittadino e istituzioni. C'era un popolo, che un governo chiamava a raccolta per vincere una sfida comune.

E lì è arrivata la stilettata, quasi insopportabile, perché è stato fatale pensare che quel rapporto di fiducia nel mio Paese è più debole, in certi casi inesistente. A quel punto Samuel ha scatenato in me una tempesta di pensieri, dubbi, sconforti, speranze di resurrezione e risorgimento. In fondo, mai un 25 Aprile si è integrato in modo così forte col mistero pasquale appena rivissuto. La pandemia ci diceva che proprio l'immagine terrificante dell'abisso poteva renderci più chiara la visione della luce, e mai come stavolta sentivo nascere il bisogno di una preghiera laica per rifondare una religione civile. Capivo che gli effetti letali del virus erano dipesi anche dai nostri costumi e malcostumi, e che le nostre diversità civiche coloravano in modo nuovo e spietato la carta d'Europa, costruendo una cesura netta tra i Paesi che per fronteggiare la pandemia si erano affidati all'autodisciplina dei cittadini e quelli che, per sfiducia, avevano preferito inondarli di sanzioni.

Forse non è mai stato così drammatico il bivio tra crollo e rinascita, perdita della libertà e indipendenza. Tra coraggioso salto evolutivo e involuzione definitiva. Tra lo spettacolo indecente dei personalismi e delle divisioni e il ritrovare unità come nazione, nel nome di un grande obiettivo comune.

Perché in momenti così estremi quelli del Nord, che pure hanno mille difetti, si presentano compatti, e noi in ordine sparso? Ma il bivio cui siamo di fronte lo possiamo forse ridurre a due sole, semplici parole: la scelta tra fiducia e paura. Ed è una cosa che parte dai piccoli gesti, come quello di Samuel. Per esempio, noi italiani stiamo disciplinatamente a casa più per rispetto dell'altro o più per paura dell'altro? È una domanda cui nessun sondaggio sembra saper rispondere. Ma è la chiave del problema, perché se prevale la paura, il dopo-pandemia potrebbe diventare una guerra di tutti contro tutti. Una gigantesca *banlieue* di furore. I francesi lo sanno. La resa finale di una società impoverita e disintegrata, segnata da diseguaglianze ancora più indecenti e da una sfiducia totale nei confronti dello Stato.

Se invece prevarrà il rispetto, potremo dire che questo disastro avrà gettato le fondamenta di un Paese nuovo, a partire dall'integrazione delle centinaia di migliaia di illegali stranieri che garantiscono il nostro Pil agroalimentare ma che preferiamo non vedere, confinandoli in ghetti. Un'emarginazione che non dipende solo dal pensiero populista ma anche dal fatto che l'Italia urbanizzata ha perso l'uso delle mani e il contatto con la terra.

Mio fratello è veterinario in una grande stalla, ma quando cerca dei mungitori non c'è un italiano che si presenti. Come uscirne? Anche qui – mi duole dirlo – impariamo dalla Germania. Charlotte, la sorella maggiore di Samuel, ha dovuto fare per programma scolastico un servizio civile (*Landwirtschaftspraktikum*) in una stalla vicino a Kassel, alzandosi ogni giorno alle cinque e crollando ogni sera alla nove. Ha allattato vitelli neonati mentre la mucca si mangiava la placenta. E al ritorno ha detto al padre: "Non è possibile che il latte costi così poco, con la fatica che si fa a produrlo".

Ma che umanità troveremo alla fine dell'emergenza? Con un Paese recluso, come capire se il disastro ci avrà modificati in peggio o in meglio?

I segnali sono contrastanti: le cronache mostrano esempi mirabili di solidarietà e comprensione, e contemporaneamente scene indecenti di insofferenza e aggressività. Ma allora, mi chiedo, perché aspettare la fine dell'emergenza? Perché non usare queste irripetibili settimane di riflessione e clausura per imparare un po' di educazione civica? Perché la presidenza della Repubblica, in questo strano 25 Aprile senza cori partigiani e senza superstiti con fazzoletto rosso al collo, non approfitta del fatto che mai come ora gli italiani sono incollati al computer, per organizzare una campagna a reti unificate sulla Costituzione e il destino di questo Paese?

Uomini capaci di farlo ne conosco. L'Italia è piena di profeti inascoltati che il pensiero medio bolla come "originali", se non addirittura "matti". Uomini in trincea per l'ambiente, la cultura, il paesaggio, l'istruzione. Ci sono momenti in cui penso che gran parte del buono di questo Paese dipende dalla silenziosa Resistenza di alcuni contro la burocrazia, il conformismo, le invidie, la paura. Antonio Calò, per esempio, professore di lettere in un liceo di Treviso, nel cuore dell'Italia leghista. Da quando c'è la peste, tiene serrati corsi online di educazione civica. Ascoltarlo è come trovarsi in un fiume in piena. Bisogna allacciarsi le cinture. L'oggetto delle lezioni può essere riassunto in una sola parola: fiducia. Una cosa che nasce dal rapporto con l'insegnante e si costruisce a partire dai temi in classe. "Io non sono il vostro gendarme, non sto lì a controllarvi se copiate, non posso presupporre che vogliate farmi fesso. Voi dovete rispondere, prima che a me, alla vostra coscienza. Ma sappiate che, se oggi copiate, domani sarete evasori e pessimi cittadini. La comunità andrà a quel paese, e con essa la Costituzione."

Uno strano messaggio in bottiglia

20 aprile

Vorrei che la speranza di libertà diventasse preghiera. Ma siccome gli italiani hanno aspettato troppo spesso di essere liberati dagli altri, non vorrei un "liberaci o Signore". Preferisco un "liberiamoci", da soli, finalmente. Come fece chi nel '43 andò in montagna. Da anni cerco inutilmente una preghiera laica che chiarisca da quale reale dittatura dobbiamo tirarci fuori per ricominciare in modo nuovo, attualizzare la Resistenza e incanalare al meglio l'immenso potenziale di rabbia e speranza che segue le grandi crisi. È questa la Liberazione di cui voglio essere partigiano, oggi, all'apice di questa pandemia, per andare oltre le celebrazioni "archeologiche" e far capire che essere cittadini non è una rendita, ma una sfida e una fatica.

Gli italiani saprebbero diventare ottimi cittadini se si smantellasse quell'ostinata sfiducia tra individuo e istituzioni. La prova? Il padre di Charlotte e Samuel è italiano e, con la moglie bavarese, dedica il suo tempo libero all'integrazione degli stranieri. Lavora sul campo per costruire questo rapporto di fiducia. Oggi, tanto per darmi un'altra stilettata, si è premurato di mandarmi un bellissimo documento risorgimentale a firma di Giuseppe Mazzini "sommo maestro ed educatore del popolo", dedicato agli alunni delle elementari. Dove constato che per avere dei modelli non ci servirebbe affatto la Germania, se solo conoscessimo la nostra storia. Leggo: "Ama i tuoi compagni... Ama lo studio che è il pane della mente... Santifica tutti i giorni con un'azione gentile... Rispetta tutti, non curvarti a nessuno... Difendi il tuo diritto e non rassegnarti alla prepotenza... Guardati dalla viltà e ama la giustizia... Ricordati che i beni della terra sono frutto del lavoro... Non pensare che la Patria si ami odiando le altre nazioni, desiderando la guerra che è avanzo di barbarie...".

Come abbiamo potuto dimenticarlo? Guai se, dopo tanta sofferenza, tutto dovesse restare come prima. E guai se la delusione per il mancato cambiamento dovesse scaricarsi ancora una volta sugli Ultimi anziché sui veri responsabili. Non sarò complice di un simile depistaggio. Anche perché mai come ora le responsabilità sono apparse evidenti. Il dramma della Bosnia, a pochi chilometri da noi, non si è esaurito con la guerra, ma è diventato più evidente con l'emergere, a guerra finita, della delusione per un'Europa assente, per l'intrusione di grandi potenze e il loro silenzio-assenso di fronte alla permanenza al potere di quanti avevano organizzato il massacro. Una lezione da ricordare.

Già, ma da cosa e da chi dobbiamo liberarci? I nemici esterni del Paese li conosciamo da sempre. Sono i malvagi, i corrotti, gli ipocriti, gli avidi che si spartiscono vergognosi profitti; le mafie che offrono protezione interessata ai deboli; gli speculatori che svendono e dilapidano il territorio; le burocrazie implacabili con gli umili e distratte con i potenti; l'eccesso di codicilli che rende ricattabile anche l'onesto; le consorterie dei mediocri che espellono i migliori; i narcisi che sparano in rete verità assolute e i biliosi che seminano vento per raccogliere tempesta. Ma è troppo comodo ragionare per nemici, perché questo ci esime dal compito più arduo: l'esame di coscienza.

Il difficile è identificare e battere i nemici interni, quelli che abitano in ciascuno di noi. Il malcostume di dire "piove, governo ladro" prima di chiederci cosa possiamo fare per il Paese, l'Europa, il mondo; lo scaricabarile e l'attesa dell'ennesimo Uomo della provvidenza; il chissenefrega e l'idea che gli onesti siano fessi; l'indifferenza, il mugugno e il vizio dell'autoassoluzione; il retropensiero che lo Stato imbrogli, per cui tu devi imbrogliare lo Stato; il legame di famiglia che assolve dai peggiori crimini; il delirio federalista che trasforma i governatori in ridicoli ayatollah; l'eterna speranza nell'impunità e nei condoni; la rassegnazione di fronte agli impuniti. La vera Liberazione è da noi stessi. Lo sanno tutte le religioni del Libro. Jihad non vuol dire solo guerra di conquista, ma lotta contro il nemico che ci abita. Solo così potremo mobilitare la parte migliore del Paese, la formidabile energia comunitaria che la peste ha stoppato. Migliaia di giovani di buona volontà, ora senza voce, che sognano di rifondare un'etica dello sviluppo e della vita civile. Ascoltiamoli. Per chiamarli a raccolta.

21 aprile

Ore 6.38. La spada del Sole nascente taglia il corridoio fino in fondo, come il Sole del solstizio tra i dolmen di Stonehenge. Succede per la prima volta ogni 21 aprile. Il corridoio è orientato grosso modo sull'asse est-ovest e una finestrella aperta sul suo termine orientale è un fedele indicatore delle stagioni. Il corridoio è il baricentro di casa, lo spazio – solitamente in penombra – della memoria e dei Penati: ha una biblioteca che lo percorre tutto e si ramifica con due ponti sospesi che obbligano chi entra in casa a passare sotto forche caudine di libri. Oggi la mattina è particolarmente limpida e il raggio laser di una calda luce passa radente sugli architravi di ciliegio, gli atlanti, le fiabe, le mappe e i libri dei grandi viaggi, per trafiggere – come nella piramide di Cheope – il fondo più buio della cripta, dove uno specchio piazzato ad arte lo fa schizzare in direzione opposta. Nuovamente verso il Sole.

Ci ho lavorato tre giorni. L'ho ripulita e limata fino all'esasperazione, per renderla più chiara e persino per darle una cadenza vagamente simile alla metrica. Ora la affido a non so chi, come un messaggio in bottiglia, che butto in mare nella speranza che qualcuno, chissà quando e chissà dove, sappia ritrovarlo. La mia preghiera laica.

Da cosa dobbiamo dunque liberarci:

dalla corsa folle che ci ha intrappolati e dal credere che il tempo sia solamente danaro; dalla bramosia del superfluo; dalla tirannia delle cose, che ci allontana dall'Uomo; dall'illusione che il possesso sia sufficiente a renderci felici;

dall'indifferenza verso l'albero, il fiore e la lucertola; dall'idea che la Madre Terra sia una vacca da mungere fino allo sfinimento; dalla manipolazione della natura e dall'illusione che il genio, una volta disturbato, possa restare nella lampada;

dall'inflazione indecente dell'Io, dal dimenticare che esiste anche il Noi, e che senza comunità non c'è società né nazione; dalla tentazione di svendere la nostra libertà pur di avere un'illusione di sicurezza; dall'istinto bestiale di farsi giustizia da sé;

dalla tentazione di essere sudditi e piegare la schiena; dalla rassegnazione che impedisce la lotta; dalla paura di una nuova immaginazione del possibile; dal concepire la fine del mondo piuttosto che la fine dell'economia del consumo e del saccheggio;

dalla Bestia che ci spinge contro il diverso; dalla paura di rispondere ai violenti con parole dure; dal gridare "assassini" ai medici per poi esaltarli come eroi; dall'abuso della parola "guerra" che ci fa credere che il male sia cosa che riguarda solo gli altri;

dalla tentazione di credere che da soli è meglio e che l'Europa sia un peso, non uno scudo benedetto; dal disamore per la nostra patria e dalla fuga in paradisi artificiali; dallo scaricare il nostro disastro di nuovo sulle spalle delle donne;

dalla bestemmia di scomodare Iddio per assolvere e santificare ruberie; dalla tentazione di usare la Croce contro i poveri cristi; dal credere di non essere tutti sulla stessa barca e dalla presunzione di non poter mai diventare poveri e migranti;

dal tacere la morte, vissuta come indecenza; dallo spregio per le mani ruvide e il sudore della fronte; dallo snobbare chi in silenzio garantisce il nostro nutrimento; dalla mancanza di rispetto verso il pubblico ufficiale, dal maestro allo spazzino;

dalla sottomissione al virtuale che occulta la vita e ruba la gioia del ritrovarsi; dall'impazienza, nemica dell'ascolto e della tolleranza; dal frastuono che stordisce gli uomini e uccide il silenzio, che è il padre dell'armonia e della Creazione;

dalla rinuncia a dedicare tempo ai nostri figli e a crescerli con l'esempio, le regole di vita e la buona narrazione; dall'emarginazione dei vecchi, portatori di memoria; dallo scandaloso sfruttamento dei giovani e dal disprezzo per chi li educa;

dal rifiuto della nostra fragilità e dei nostri limiti, la cui accettazione è invece saggezza; dal sottovalutare i piccoli gesti, che fanno la differenza; dal credere che la felicità sia solo un diritto, quando il sorriso è un nostro dovere verso il mondo.

Da tutto questo liberiamoci. Ora o mai più.

22 aprile

Non ne posso più, devo uscire. Il tempo è al gran sereno con bora leggera. Ho anche un buon motivo: comprare un unguento per un'infiammazione sulla guancia. Mi brucia tremendamente dovermi giustificare con scartoffie, quando va da sé che il sole e l'aria buona sono farmaci sufficienti per la salute del cittadino e della comunità. Guanti, mascherina regolamentare e via, di buona lena. Nell'aria rondoni, e un surreale guanto di plastica che volteggia ad alta quota.

La prima farmacia è senza il farmaco. Devo oltrepassare il limite dei cinquecento metri concessi dall'ordinanza ministeriale. Intorno non c'è anima viva, le possibilità di contagiare qualcuno sono eguali a zero. Ma ecco, a circa ottocento metri, i carabinieri appostati. Mi fanno un cenno cortese e inequivocabile.

"Documenti, per favore."

In Slovenia ci ridono dietro per questi controlli. Lì funziona come in Austria e in Germania: la gente può andare dove vuole, basta tenere le distanze; e per le mascherine è questione di buon senso. Ma mostro i documenti, per rispetto e disciplina.

"Lo sa che è oltre i cinquecento metri da casa sua?"

Lo so perfettamente, rispondo, ma ho un problema medico da risolvere. Spiego che cerco un farmaco particolare. Tiro fuori dalla tasca la confezione vuota e dico che la prima farmacia non l'aveva. Mostro anche l'autocertificazione. Intorno continua a non esserci nessuno.

"Chi mi garantisce che quello che lei dice è vero?"

"La mia parola d'onore," rispondo, e rimango sorpreso io stesso. "Parola d'onore" è un'espressione passata di moda da decenni e non so da dove sia riemersa. L'uomo in divisa cerca nel suo vocabolario mentale, poi mi fa un gesto che sembra racchiudere una parentesi: "Eeeh, la parola d'onore... Non vuol dire niente".

In casi simili ho un metodo collaudato: passare alla terza persona. Dà autorevolezza e incute rispetto. "Ascolti," dico, "qui c'è un uomo che ha fiducia in lei e in ciò che rappresenta la sua divisa. Lei ha fiducia in quest'uomo?"

"Io so solo che lei è fuori dai limiti e non ha una ricetta."

"Lei mi crede o no?"

"Sarei portato a non crederle. Ma vada, vada... per oggi passi."

Assolto per gentile concessione, non per buon senso. Ma perché mi ostino a sognare un rapporto maturo tra cittadino e istituzioni?

Intanto la vita si riprende i suoi spazi, mi entra in casa con profumo di viole del pensiero. Succede specie la sera, sotto il segno di Venere, mai così splendida. Hanno avvistato balene in Dalmazia, una famiglia intera che esultava soffiando al largo di Sebenico. In Sardegna, cinghiali e mufloni festeggiano in spiaggia a centinaia, in scene da safari africano. Famigliole di cervi se ne vanno a spasso nei paesi del Veneto. La natura ci invita a un nuovo sposalizio, a riempire lo zaino e andare. Eccomi! Sono pronto, aspettatemi. E se qualcuno ha ancora voglia di andare a Rimini, faccia pure.

23 aprile

Stamattina sono tornato sul tetto a guardare il mondo. Il Sole sorgeva su un mare grigioverde arato dal vento. Erano anni che non vivevo una simile bellezza. La Terra respirava, gioiva del giusto tempo sabbatico. E lì mi sono chiesto: saprò tornare alla normalità? Oppure è la normalità il problema? E se tutto tornasse come prima, anzi peggio, con libertà e democrazia già morte in un golpe silenzioso, nell'indifferenza di un popolo recluso e sotto anestesia? Non potevo rassegarmi all'idea di ripensare, fra qualche mese, a questa reclusione come a uno dei momenti più felici della vita. Già mi vedevo, invecchiato, a dire a un amico: ti ricordi, che bei tempi quando facevamo il pane in casa e il trinciato di pomodori secchi, quando ci si parlava dai balconi, l'agenda era vuota di appuntamenti inutili e c'era tempo per raccontare fiabe ai nipotini lontani? Oppure: oh, cara, che giorni erano quelli, in cui ci si confrontava sui grandi temi in uno scambio di lettere vibranti tra i quattro angoli della Terra! Quel mondo senza smog, senza caselli, senza check-in, quando ci leggevamo storie ad alta voce, io prendevo appunti a notte fonda con la lampada frontale e poi mi alzavo al richiamo del merlo...

Guardavo il primo sole planare sulla città e il mio istinto

si rifiutava di confinare nel mito la primavera del 2020. Contavo ancora, testardo, su un nuovo inizio. Ma l'angelo nero già mi sussurrava: svegliati ragazzo, il tempo dei sogni è finito. Non vedi? Oltre i bollettini medici, oltre la Protezione civile, le mascherine e i guanti c'è solo il vuoto; al comando non c'è nessun pilota; e presto tutti ci riabitueremo al rumore, ai gas, all'indifferenza, alla burocrazia soffocante, alla brutalità del saccheggio, al consumo, alle ronde, al sospetto, alle ammucchiate, ai baciamano, allo *sciur padrun da li beli braghi bianchi* e allo stato di emergenza permanente.

24 aprile

Michele Nordio da Albignàsego, comune residenziale fuori Padova, è appena uscito dall'ospedale con quaranta giorni di prognosi per fratture multiple al setto nasale e all'arcata oculare. L'hanno pestato a sangue due passanti perché faceva jogging, anziché con la mascherina, con un dolcevita dal collo allungabile fino al naso.

Succede che Michele corre su un marciapiede deserto lasciando il viso libero, ma pronto a coprirlo in caso di incontri ravvicinati. Dall'altro marciapiede due uomini protetti da mascherina lo insultano. Non due ubriaconi, ma un padre e un figlio, il cuore della famigliola italiana. Si accende una rissa verbale a distanza ma subito i due, senza guanti, vanno al contatto, spintonano e rifilano al corridore un pugno in un occhio, poi il più vecchio dei due lo blocca mentre il giovane, che ha perso la mascherina, gli massacra la faccia. Il Nordio cerca di sfilarsi, ma il padre gli schiaccia la testa sull'asfalto. E qui viene l'incredibile.

I due chiamano i carabinieri per denunciare l'untore. E intanto giù insulti, merda, bastardo, incivile, delinquente. Il giovane si accorge di avere la camicia macchiata di sangue, urla “mi hai sporcato” e sputa in faccia a Michele, poi lo colpisce ancora. A quel punto la vittima cessa di muoversi, capisce che i carabinieri sono la salvezza. E i carabinieri arrivano, tentano di stendere un rapporto ma quelli hanno fretta. Urlano: “Cosa aspettate a fargli la multa, è un assassino”. L’uomo in divisa, allibito, li zittisce. Arriva l’ambulanza, ma stranamente si porta via il ragazzo che ha (o simula) un attacco d’asma. L’altro risplende di innocenza. Michele va al pronto soccorso con la moglie.

Tre giorni dopo, a una conferenza stampa sul Covid-19, il governatore del Veneto, Zaia, interpellato sul fatto, condanna l’aggressione, ma aggiunge “però, lui doveva girare con la mascherina”. Come dire: se l’è cercata. La stessa cosa che si dice alle donne stuprate.

Ecco: metti Salvini che ti sdogana il Far West, aggiungi la paura del Covid-19 e internet che dà la parola agli idioti, e il gioco è fatto: il Paese si riempie di delatori e ronde di giustizieri. “Sono amareggiato,” mi dice Michele al telefono, “da questa società di tutti contro tutti. È brutto vivere così, proprio quando dovremmo stare uniti. Ma forse qualcuno ha interesse che questo accada.”

“Sto scoprendo il silenzio delle foreste anche in pieno giorno,” mi scrive dal Trentino Luigi Casanova, ambientalista di prima linea, “e mi chiedo se questa pandemia ci aprirà gli occhi.” Parla a ragion veduta, da una montagna dolomitica sfigurata dal profitto. Alberghi inutili, collegamenti sciistici inutili, strade inutili. L’ultima strada sta sventrando il bosco degli abeti di risonanza, quelli da cui si trae il legno dei violini, sotto il Passo Rolle, a Paneveggio. Dimenticheremo la grande lezione di questo silenzio, di questi cieli azzurri, lo temo anch’io. Basti riflettere sul fatto che le tragedie del passato non sono servite a niente. Così l’alluvione del Vajont, con la sua onda assassina. Così il recente tornado battezzato

Vaia, che ha "trovato forza e innesco nelle opere inutili volute dall'uomo" e ha finito per uccidere milioni di alberi. Oggi in montagna sono tutti pronti a dare addosso all'ambientalismo, bollato come lusso da cittadini, ma intanto lasciano che anche la montagna diventi città, con parcheggi pieni di Suv e ristoranti di lusso ad alta quota. "Le regole sono vissute come un fastidio, ci si aspetta tutto dallo Stato e così ci si deresponsabilizza. Vedo una montagna obesa, vedo bellezze sacrificate in nome del Pil, e non importa a nessuno se il conto di tutto questo saranno i nostri figli a pagarlo."

25 aprile

Ieri sera ho acceso una candela per i settantacinque anni della Liberazione e per la nostra bistrattata carta costituzionale. Avevo visto metà del parlamento restare seduto al ricordo della Resistenza e avevo provato nausea. Oggi Dante mi è tornato alle labbra – *Ahi serva Italia, di dolore ostello / nave sanza nocchiere in gran tempesta / non donna di provincie, ma bordello* – e mi chiedo dove andrà a finire la bella energia espressa dalla parte migliore del Paese in questi giorni irripetibili. Gli eroi di oggi saranno già dimenticati domani. Ho partecipato a dialoghi ricchi di speranza, che ho raccolto sotto forma di appunti, con la gioventù d'Europa. I ragazzi della generazione Erasmus, cresciuti senza confini, che abbiamo fregato tre volte (cito Francesca De Benedetti), prima con lo scoppio della bolla finanziaria del 2008, poi con l'emergenza terrorismo e ora col coprifuoco da Covid-19. Tre guerre che li hanno spinti ai margini di un mondo sempre più chiuso e rassegnato a perdere libertà civili; pagati meno di quanto si può incassare oggi col contributo Covid-19 ai senza lavoro.

In questi quarantacinque giorni sono intervenuto in qualche convegno online, scoprendo di avere davanti giovani capaci di rileggere la Resistenza in modo nuovo: come rifiuto dei vecchi equilibri e progetto di un mondo più frugale, verde, maturo, onesto. Qualcosa capace di rilanciare insieme la crescita, la solidarietà e l'ordine, i tre pilastri della comunità. Mio figlio Andrea, che lavora in Svizzera sull'abbattimento di CO_2, mi spiega che il petrolio è in crisi e oggi il capitale punta trilioni di dollari sulle società smart. Sento dire un po' dappertutto che i vecchi pachidermi sono alla canna del gas. Dev'essere vero, se hanno paura di una bambina come Greta, e magari si aggrappano ai Putin, ai Trump, persino ai libici, gente che ricatta l'Europa con i profughi, o la indebolisce con quinte colonne sovraniste nella politica e nell'informazione. Questo mentre in Polonia e Ungheria – mi dicono Karolina Zbygniewska e Márton Gergely – si va allo smantellamento della democrazia con la scusa del virus. E ovunque – parole di Judith Denkmayr e Sofia Nerbrand – la società aperta subisce attacchi, mentre i più poveri diventano ancora più poveri. Scenari orwelliani.

Ci sarà pure una scialuppa per raccogliere questa gioventù. Bérengère Chauffeté, paesaggista francese a Berlino: "Torniamo alla terra, ma uscendo dall'approccio utilitaristico. La natura non è solo risorsa, è un partner". Lidia Pantone, da Tricarico in Basilicata: "La vigna esige di essere piantata anche se attorno c'è ancora morte e distruzione. È questa la durissima prova che il trauma esige e che non si potrà rinviare". Niccolò Galli, banca di investimento a Zurigo: "C'è un vuoto politico da riempire, mancano statisti in grado di far capire ai paesi ricchi che ci rimettono anche loro, se i meno ricchi non risorgono". Marco Magini, specialista in *environmental markets* a Londra, usa parole forti: "Questa lezione ci è servita a capire che l'uomo prospera solo nell'ambiente e che nel fronte di coloro che fomentano l'odio per Greta si è coalizzato il peggio di ciò che ci minaccia". E ancora: "La Brexit è un segnale di insoddisfazione per un'Europa che resta fusione fredda e non diventa patria".

"Pierino Pierone, dammi una pera con la tua bianca manina, che a vederle, son sincera, sento in bocca l'acquolina!" Ultime fiabe di quarantena per Elia, ipnotizzato dal racconto a seicento chilometri di distanza. È un sortilegio che collega me all'infanzia e lui all'età dei nonni, creando un ponte temporale che sta alla base della costruzione della memoria. Ma non basta, perché il piccolino non è ancora sazio, è affamato pure di storia, e devo raccontare la battaglia navale di Salamina. Ah, il seguito delle Termopili, con i furbi Danai che attirano i Persiani in trappola, Davide che sconfigge Golia. La forza terapeutica della voce: è qualcosa che stupisce anche me, ogni volta da capo.

26 aprile

Per mio fratello Guido, che fa il veterinario in una grande stalla da latte, non è cambiato niente con la clausura. Anzi, le cose gli vanno meglio. Nessuna interruzione del lavoro (produzione di beni primari), libertà di movimento, vendite a gonfie vele e, in aggiunta, una primavera fresca che fa star bene lui e le bestie. La sua figura barbuta con tuta da operaio, stivali nel letame, guanti fino alle ascelle e braccio fino in fondo al culo delle vacche per esplorare gravidanze, presidia saldamente il capolinea della filiera alimentare e riabilita il ruolo dell'uomo allevatore e contadino, oscurato dall'industria, dai media e soprattutto dai maneggioni del danaro con cravatta e mani da pianista. Il proprietario dell'azienda, Antonio Favrin, è un grande industriale del tessile che a quasi ottant'anni si è imbarcato nel settore intuendo che il mondo cambiava. Aveva capito giusto; con l'emergenza Covid-19 il suo tessile ha chiuso bottega, mentre la stalla – grazie anche a investimenti mirati – va a pieno regime.

Giampiero Calzolari, presidente della cooperativa agricola di riferimento, racconta come la produzione abbia retto bene nonostante lo stravolgimento della domanda e della logistica distributiva, e questo proprio grazie all'elasticità della struttura cooperativa. "Tenetelo bene a mente," dice ai soci, "quando qualche sirena proverà di nuovo a incantarvi con pochi centesimi di differenza per un mese o due, salvo poi sparire alla prima difficoltà."

Ascolto *Shahrazad* di Rimskij-Korsakov e torna la nostalgia dei ragazzi che l'hanno suonata l'estate scorsa. La magnifica masnada di Esyo, la European Spirit of Youth Orchestra, cui ho offerto la mia voce narrante. Non li rivedrò quest'anno. Tutto sospeso per virus. Non assisterò al loro arrivo alla spicciolata dal Baltico, dal Tirreno e dal Mar Nero, e alla loro babele di lingue che in pochi giorni diventa sinfonia, sodalizio, concerto, tournée. Ogni anno, a fine avventura, li ho visti abbracciarsi piangendo, davanti a una platea travolta dall'emozione, e, ora che il mondo è passato dal *prestissimo* all'*adagio-molto*, mi chiedo spesso dove siano andati a finire.

Chissà dov'è, per esempio, Aleksandra, figlia della Serbia profonda, rimasta muta fino a quando, a cinque anni, ha incontrato un violino che le ha sbloccato le corde vocali. O il montanaro Johannes, che appena mollava le percussioni ci commuoveva con romanze austriache alla fisarmonica. E Vasko, clarinetto di Macedonia, che ci incantava con arcane melodie risalenti forse ai tempi di Alessandro il Grande. Non so più nulla della dolce Anastasya, che per raggiungerci con la sua viola si è fatta due giorni e mezzo di autobus da Kiev, e di Filippo, piccolo grande trombettista, che a dodici anni ha fatto piangere mille persone suonando il "silenzio" sotto la pioggia per i Caduti della Grande guerra.

Fatevi sentire ancora, ragazzi. Siete il Simbolo di ciò che l'Europa potrebbe essere, e non è. Suonate i vostri tamburi, date fiato alle trombe e voce alla bellezza, che è il migliore degli antivirus. È finito il tempo della visibilità, parola blasfema che ci ha posseduto troppo a lungo. Davanti a un potere sordo, è arrivato il momento di farsi sentire.

Tenebra, vento, schiume senza fine / l'immensità della notte cresceva / triremi di Pelasgi e di Liburni / ci remavano accanto a vele piene. Di notte il verso ti sveglia, riaccende la nostalgia di Europa e la voglia di fuga. Dai, scappiamo un'altra volta, Piero, mio capitano, che recitavi Omero al timone. La notte è perfetta, c'è poca Luna e a luci spente nessuno ci vedrà. Andiamo via, lontano da scartoffie, droni e capitanerie, splendidamente irreperibili, a vendere cara la pelle. Al largo di Zara incontreremo le balene. Queste sillabe sono un sortilegio per farti tornare. *A poppa, oltre la valle della scia / il Monte Libano ci benediva / traslucido di acque mormoranti. / Fuori, le sberle del mare. All'interno / solfeggio di respiri, in sintonia / col dormiveglia lungo del rollio.* Nei porti andavi a caccia di buon vino, ma non per berlo subito. Lo centellinavi dopo, nei lunghi inverni gallesi, per rivivere accanto al caminetto i viaggi dell'estate. Oggi ho issato per te la bandiera stellata d'Europa sul tetto di casa. Garrisce come su *Moya*, il tuo vecchio legno nato in Mar d'Irlanda, col nome in bronzo al vertice del boma. È piovuto, la terra profuma, si sono svegliate le acacie. Alziamo le vele e via, con brezza di ponente.

Il ritorno di Tiresia

27 aprile

"Spero che questa esperienza ci insegni la saggezza." Non parla a vanvera lo scrittore Boris Pahor, classe 1913, triestino di lingua slovena, dalla sua casetta alta sull'Adriatico. L'autore di *Necropoli* è uno dei pochi viventi capaci di ricordare la Grande guerra, compresa la sua coda pestilenziale, l'epidemia detta "Spagnola" che fece quattro milioni di morti, al termine della quale non venne affatto la saggezza ma la dittatura. "Avevo cinque anni, vivevamo in una specie di cantina e mio padre era appena tornato dal fronte orientale. La febbre ci era salita a quaranta. Mamma, papà, le mie due sorelline e io eravamo zuppi di sudore. E quando ne uscimmo cominciò un nuovo incubo: la repressione fascista, con l'assalto e l'incendio alla Casa della cultura slovena."

Incredibile come la voce di questo Tiresia, minuscolo e quasi cieco, sia ancora nitida e profetica, anche se filtrato da un fruscio come di 78 giri. Ti chiedi come un ultracentenario abbia la forza di pensare al futuro. È già così dura la vita di chi si assume la fatica di ricordare, in un mondo sommerso dall'amnesia.

È un'esperienza iniziare da un grande vecchio un viaggio all'indietro nella storia. Il ricordo diventa seduta spiritica.

Specie se devi far riemergere delle ecatombi, come le pestilenze. Il passato e il presente entrano in un affascinante cortocircuito. Anno Domini 1630, Bologna: "I cittadini si schivavano a vicenda, il vicino abbandonava il vicino; e gli stessi congiunti, se pur facevansi visita, squadravansi fra loro sospettosi, e tenevansi in distanza reciprocamente [...]. Si vide talora il fratello abbandonare il fratello, lo zio il nipote, la moglie il marito, e talor persino padri e madri rifuggire alla vista de' figlioli fatti preda del morbo". Anno 1629, Milano: la peste era stata portata "da un fante sventurato con un gran fagotto di vesti comprate o rubate a soldati alemanni", e la situazione era ormai compromessa "per l'imperfezione degli editti, e per la destrezza nell'eluderli", ma i casi erano ancora sporadici e questo "confermava sempre più il pubblico in quella stupida e micidiale fiducia che non ci fosse la peste". E fu la strage: la popolazione di Milano scese da 250.000 a 64.000 abitanti.

Anno 165 dopo Cristo, Smirne. La peste Antonina, che dura un ventennio e fa perdere all'Impero romano il venticinque per cento della popolazione, "è lo spartiacque demografico dell'antichità", mi dice Gianni Brizzi, professore di storia antica a Bologna. Elio Aristide, sopravvissuto per miracolo a quel morbo, racconta che l'epidemia ha il suo focolaio a Smirne e porta anche tanti medici a rapida morte. Richiamato nell'inverno 168-169 ad Aquileia in previsione di una campagna contro i Sarmati sul medio Danubio, il medico Galeno ricorda: "Ero appena arrivato quando la pestilenza infuriò come mai prima". Dopo il 169 la peste è di nuovo a Roma, e Galeno annota le modalità del contagio, l'altissimo numero dei colpiti per via aerea e il suo esito quasi sempre fatale.

Alla fine di un simile viaggio nel tempo diventa naturale chiedersi come Erodoto o Tucidide racconterebbero il Covid-19. Forse così: "E venne il tempo in cui un contagio sconosciuto arrivò dall'Oriente e corse voce che tutto era partito da un incontro fra uomo e pipistrello".

28 aprile

Dove sta andando la mia Francia, terra in cui ho imparato a viaggiare? Per sfuggire al tracciamento via Google dei contagiati, Parigi si avvia a schierare trentamila uomini come pattuglie antivirus. Ronde patriottiche, per carità: ma dotate di pieni poteri. Il Covid-19 ottiene quello che nemmeno gli attentatori del Bataclan sono riusciti a ottenere: la definitiva deriva securitaria dello Stato. Già da anni non conosco città più piena di uomini armati di Parigi. Nessun paragone con Berlino, rilassata anche in piena pestilenza. "*C'est l'émergence, Monsieur*," mi dice la gente allargando le braccia. Ma la Francia è in emergenza da troppo tempo, pur senza avere Le Pen al governo. Emergenza terrorismo, emergenza Gilets jaunes, emergenza pandemia e, ora, una prevedibile emergenza *banlieues*, ben colorata di etnia.

Nei quartieri popolari di Parigi, a forte presenza nordafricana, si muore il doppio che in quelli chic, perché i ricchi sono filati in campagna in tempo. La pestilenza, mi dice Éliane in un bel confronto al telefono, "*a souligné les inégalités sociales*". La mappa dei decessi nella capitale lo conferma. La gente del XVIII e del XIX arrondissement è stata falcidiata, e subisce in più la proibizione, sacrilega per molte culture, di celebrare funerali. Per chi viene dal mondo mediterraneo, il culto dei morti è la base di tutto. C'è Antigone dietro; non puoi scherzare.

Ma in Francia impera l'idea indiscutibile della difesa nazionale. Bérengère, giovane amica emigrata in Germania, mi dice che nel suo Paese non si discute più su certi temi, fino al paradosso che nella terra dei diritti umani "non si ha più il diritto di dire che vi sono sempre meno diritti". Figurarsi cosa accadrà quando la gente potrà uscire dalla clausura, riabbracciarsi e riconquistare la piazza. "*En septembre la Seine sera rouge*," mi scrive Manault da Parigi – "A settembre la Senna sarà rossa" – e intravede un orizzonte di rivolte sociali. E Parigi, qui, è un perfetto catalizzatore di tensione, lo vedi già dalla strada. È da anni che sul *boulevard périphérique* i motociclisti, infilandosi a tutta velocità tra le colonne delle auto, ti danno manate sulla fiancata o sullo specchietto se non ti scosti. E poi aggressività nella metropolitana, arroganza di funzionari nei luoghi pubblici, fretta per la strada. E anarchia totale nei boulevard, con pedoni e ciclisti che passano col rosso e ti insultano se non ti fai da parte. Situazioni in cui ti chiedi a cosa serva tutta quella forza pubblica se non a mostrare i muscoli. Certo, poi ti rifugi nel civilissimo giardino del Luxembourg, nei ristorantini degli *hôtels particuliers*, oppure scappi nella Francia "eterna" del *pâté campagne* e del Borgogna, e ti consoli. Resta però il dolore di veder soffrire un Paese tanto amato.

C'era ovviamente chi aveva già capito tutto. Sandra, da Torino, mi segnala un libro di Régis Debray del 2011, *Du bon usage des catastrophes* (Gallimard), e me ne inoltra alcune pagine via web. Ah, il vecchio Régis, profetico come sempre. Gli devo già gratitudine eterna per il suo *Elogio delle frontiere*, ben tradotto dal francese dall'editore Add. Scrive: le catastrofi sono sempre state di avvertimento e di insegnamento, ma oggi hanno un senso ulteriore, ci mettono in guardia contro il catastrofismo di coloro che vorrebbero "la prigione tecno-burocratica nella quale finirebbe per rinchiuderci una sorta di 'polizia ecologica', con la sua utopia di un mondo scientificamente controllato (tracciabile, normato, blindato e videosorvegliato)". In questa prospettiva, "lo scatenamento delle calamità naturali finirebbe per servire all'incatenamento degli uomini, ennesimo trucco per addomesticare i corpi e le anime". Guai, protesta Debray, se dovesse avvenire. Toglierebbe significato alla sofferenza. "Far fronte" non implica solo risposte pragmatiche, ma la ricerca di un senso della disgrazia, la capacità di reggere al tragico dell'esistenza e di sopportare l'insopportabile.

Mio figlio Michele mi scrive dal Piemonte che da qualche giorno passano in cielo i primi satelliti di Spacex, lanciati il 24 aprile da Cape Kennedy. Sessanta, pare. Ma da qui a giugno, mi avverte, ce ne saranno dodicimila, e copriranno il mondo intero. "Alzeremo lo sguardo la notte e ne vedremo sempre almeno uno. Quando li ho visti la prima volta in sequenza mi è preso un colpo, ho pensato a un'invasione degli Ufo; e poi ho capito. Pensa, papà, hanno già messo in rete un'app per tracciarli. Ora spero che non ci rubino anche il cielo stellato."

Mi sono chiesto dove se le pensa, il Capitale. Investire miliardi di dollari in satelliti mentre il mondo è nella merda. Mah. Ma poi ho pensato che basta sostituire il "mentre" con un "perché", e tutto si chiarisce. I poteri globali investono in satelliti (e ovviamente in armi) proprio *perché* il mondo è nella merda. Sanno che, quando saremo tutti più poveri e pieni di campi profughi e lazzaretti, quando esploderanno rivolte sociali e spostamenti di popoli interi al grido del si-salvi-chi-può, vincerà chi avrà il controllo delle nostre vite. A quel punto mi sa tanto che anche in molti paesi d'Europa saremo pronti a barattare la nostra libertà per un piatto di minestra. Il virus autentico è questo, non il Covid-19. Incolpare il virus è come addossare all'amianto e non ai padroni la responsabilità di tanti morti nei cantieri. Un depistaggio utile a chi comanda. Eh sì, come sono gentili i signori della Terra. Così premurosi. Tra un po' potremo morire di sete nel Sahara, ma almeno saremo online.

29 aprile

Oggi non accendo il telefono fino alle undici. Mi occupo di me stesso, e che la corrispondenza aspetti. Fiaba per i nipotini rinviata a domani. Provo alla chitarra un Brassens che non suonavo da quarant'anni, *Putain de toi*, mi, si7, la. Parlo da solo, faccio ginnastica ascoltando le cornamuse di *Scotland the Brave*. Mi concentro su cose di poco conto. Preparare un soffritto, aggiustare una lampada, scopare, riciclare avanzi di cibo, controllare il lievito: sono cose che liberano la mente più di una camminata. Riordinare le cianfrusaglie, poi, che viaggio nel tempo! Dalle cassapanche emergono viaggi, amuleti, amicizie, vecchi amori.

Anche pendolare fra il tavolo di scrittura e il pianale dei fuochi diventa un'avventura. Ne nasce una strana inversione: scrivendo mi vengono in mente piatti da cucinare, e cucinando mi spuntano idee per la scrittura. In una magnifica anarchia posso mangiare aglio liberamente, affettare montagne di cipolla, tagliare una fetta di pecorino sardo col fedele coltello Opinel, leggere i libri di Claudia Roden sulle meraviglie della cucina mediterranea e buttare giù versi sul ratto di Europa. Riscopro l'economia domestica, che cinquant'anni fa venne abolita per spianare la strada al consumismo e intaccare la libertà individuale azzerando la nostra capacità di scelta. Sarebbe ora di rimetterla nelle scuole. *Òikos-nomìa*, cioè "scienza della casa". Tutta l'economia parte da lì. L'aggettivo "domestica" non servirebbe nemmeno.

"Qui già la normalità è fatica, a causa della burocrazia. Un'arroganza e una lentezza indecenti. Figurarsi ora, con le regole della quarantena: il paese è allo stremo." Franco Ratti, sindaco e allo stesso tempo medico condotto di Gravellona, nelle risaie della Lomellina, Lombardia, sa perfettamente che il virus bisogna tenerselo fino a che altri non moriranno

– “quasi quasi,” dice, “è meglio ammalarsi per rafforzare le difese” –, ma sa anche che i suoi cittadini sono sull’orlo della disperazione per la stretta del lockdown. “Qui conosco tutti, casa per casa, anche come medico. C’è un piccolo ristorante gestito da una signora e dai suoi due figli. Improvvisamente, questi si ritrovano con tre famiglie a reddito zero. Il parrucchiere stava bene, ora non ha più niente. Il governo non capisce. E io vorrei aiutare tutti, ma non posso. La parte più dolorosa è proprio questa: scegliere chi aiutare. Quando sarà finita, cercherò di spendere tutto in lavori pubblici. La cosa buona è che il paese non è mai stato così pulito. Non ho mai avuto a disposizione così tanti volontari, che lavorano assai meglio degli impiegati pubblici.”

Alessandro mi manda da Bologna alcune righe di *Il sentiero dei nidi di ragno*, che Calvino aveva scritto dopo la Seconda guerra mondiale: “Essere usciti da un’esperienza che non aveva risparmiato nessuno stabiliva un’immediatezza di comunicazione fra lo scrittore e il suo pubblico: si era faccia a faccia, alla pari, carichi di storie da raccontare, ognuno aveva avuto la sua, ognuno aveva vissuto vite irregolari drammatiche avventurose, ci si strappava la parola di bocca. La rinata libertà di parlare fu per la gente al principio smania di raccontare: nei treni che riprendevano a funzionare, gremiti di persone e pacchi di farina e bidoni d’olio, ogni passeggero raccontava agli sconosciuti le vicissitudini che gli erano occorse, e così ogni avventore ai tavoli delle Mense del popolo, ogni donna nelle code ai negozi; il grigiore delle vite quotidiane sembrava cosa di altre epoche; ci muovevamo in un multicolore universo di storie”.

Mi chiedo se dopo questa pestilenza accadrà lo stesso. Se, dopo tanta comunicazione già bruciata online, avremo ancora voglia di narrare come i nostri vecchi, oppure se il vissuto sarà subito da archiviare per fare spazio alla baldoria, col rischio di non trarre nessuna conseguenza dalla lezione, e che il vissuto diventi ingombrante, memoria inascoltata oppure ossificata in un rito ripetitivo. O scompaia per sempre in una rete governata da poteri occulti, dove i brandelli delle nostre vite andranno a spiaggiarsi sulla battigia del nulla.

Potrei scrivere ancora per mesi. Questo diario, partito da notazioni marginali sul quotidiano, si sta allargando a temi sempre più ampi: la dignità dell'individuo, il fallimento del consumismo, la visione di un'Europa insonne e piena di nemici, l'urgenza di una rifondazione civica del Paese, il bisogno di una nuova Resistenza contro chi rapina il mondo e vorrebbe toglierci la libertà stabilizzando i decreti emergenziali a proprio favore. Col passare dei giorni ho visto la paura del virus ridimensionare quella dell'immigrazione, ossessivamente gonfiata dai sovranisti, ma anche depistare noi tutti dalla percezione del Diluvio prossimo venturo. Abbiamo discusso troppo poco di clima, di povertà del mondo e di questa economia pronta a controllare la nostra intimità anche con governi illiberali e dittature. Non si sono visti politici capaci di grandi visioni, e oggi rischiamo che la lezione non serva a nulla.

Non so se, dopo questa crisi, saremo così poveri da accettare qualsiasi cosa per un tozzo di pane. Non so se vincerà Amazon o la produzione a chilometro zero, il centro o le periferie, la tecnocrazia o l'umanesimo. Ciò che so è che il virus ha offerto, per lo meno a chi è stato risparmiato dal peggio, la possibilità di dilatare il pensiero proprio nel tempo dell'ineluttabile, quello che i Greci chiamavano *anànke*, potenza senza volto cui soggiace anche Zeus e alla quale è inutile fare sacrifici perché con essa non possono esserci scambi. Mentre attraversavo le sue strette gole strapiombanti in un ululare di sirene d'ambulanza, capivo che chi, in un momento simile, avrebbe conservato la relazione fra la mente e il proprio soffio vitale (la *psyché* del verso 5 del I libro dell'*Odissea*), avrebbe anche capito ciò che nella sua vita era importante, ciò che lo era meno e ciò che non lo era affatto.

Dalla tana della mia stanza ho scavato un tunnel fin nelle caverne di me stesso, poi sono salito sul tetto di casa e l'ho trasformato nella plancia di un veliero. Ho attraversato con la mente terre inesplorate e disegnato nuove frontiere nel mio appartamento, dilatandone la superficie e superando la limitazione orizzontale con avventurosi spostamenti in verticale. Ho riscoperto i silenzi, fatto esercizio di pazienza, celebrato la letizia anche quando tutto mi era contro, vissuto momenti di panico e altri di euforia, osservato le stelle e annotato il passaggio di migratori, navigato in mari lontani attraverso i libri, riscoperto amicizie, riletto gli affetti, visto riemergere volti antichi, e cari, e perduti. Varcando i misteriosi territori del dormiveglia, ho potuto cercare nel buio e nella luce, nel profondo dell'inconscio e nella visione a tutto campo del Pianeta. Un'evasione in piena regola.

30 aprile

Ci sono politici che senza il virus sparirebbero. Ne hanno fatto il loro cavallo di battaglia e ora parlano in nome del popolo. Possono legiferare, decretare, apparire, criticare, polemizzare, attaccare il governo, parlare a vanvera. Cavalcano il Covid-19 perché il Covid-19 fa notizia. Vorrebbero che durasse in eterno. Così molti governatori regionali, specialmente a Sud – Napoli e Bari –, che sono pure schierati a sinistra. In preda a una metamorfosi peronista, vivono una tale *hybris* da onnipotenza da regalare alle destre più liberticide l'esclusiva sulla difesa dei diritti. Così anche alcuni elementi delle forze dell'ordine, che infliggono sanzioni assurde a chi tenta di riconquistare un barlume di normalità. A Reggio nell'Emilia hanno dato quattrocento euro di multa a un professore che aveva violato la consegna del confino "espatriando" di pochi metri dal suo comune di residenza (privo di librerie) per comprare un volume nel capoluogo. A Gian Maria Cordiviola – questo il suo nome – il libro era necessario per il suo lavoro di insegnante. "La cosa che mi ha fatto più rabbia è che non sia stato tenuto minimamente in considerazione il lavoro intellettuale, come se i libri per gli insegnanti non fossero uno strumento indispensabile."

Il diktat piovuto sui cittadini impone di limitarsi ai "beni di prima necessità", ma chi decide quali sono le vere necessità degli individui? Nessuno. Quando negli anni novanta andavo in Bosnia come corrispondente di guerra, gli abitanti alla fame non mi chiedevano di portar loro prosciutti o pezzi di parmigiano. Macché. Chiedevano libri, quelli che avevano dovuto bruciare per scaldarsi. Una donna volle scarpette da ballo. Un amico del buon dopobarba. E io, da bravo materialista d'Occidente, ci misi un po' a capire che la dignità veniva prima della sopravvivenza. Nonostante le bombe, Sarajevo sbatteva in faccia agli assedianti la Resistenza dei suoi caffè, della cultura e dei concerti. Si inventava persino concorsi di bellezza. La città non cedette mai su quello che oggi gli sceriffi di casa nostra chiamerebbero "superfluo". Se lo tenne ben stretto. E grazie a questo vinse la sua battaglia campale.

Mi chiedo: il governo si rende conto che a furia di videoconferenze stiamo perdendo il mondo dello spettacolo e, di conseguenza, l'*agorà*? Non pare. Si domanda cosa rimarrà della piazza, anima della nostra Europa, dopo questa indigestione digitale? Si parla di mandare il teatro sullo schermo per proteggere il pubblico, ma il teatro senza platea non esiste. Non conosco un politico italiano in grado di capire che la scena non è riproducibile, non sarà mai film, perché nasce dall'interazione carnale fra attori e spettatori; è un fatto liturgico, un po' come la messa, con la sua abside, i suoi sacerdoti e i suoi fedeli. C'è una distanza stellare fra schermo e palcoscenico. Il brivido che percorre una sala durante un monologo teatrale fa parte dello spettacolo, ed è invece è assente nei film. All'uscita da una proiezione la gente non parla, non discute. Quando invece è il sipario a chiudersi, ci si confronta animatamente.

"È urgente riattivare il rapporto con gli spettatori," mi dice Franco Però, appassionato direttore artistico del teatro stabile regionale. "Non è importante se il pubblico va contingentato e deve indossare mascherine; bastano gli sguardi e l'applauso a galvanizzare gli attori. Quindi riproduciamo pure in tv spettacoli teatrali, ma a patto che ci sia un po' di gente."

Oggi, Resistenza è anche questo. È impedire al format televisivo di invadere in modo indecente anche gli ultimi spazi. È uscire all'aperto, occupare spiagge, castelli, argini, spalti di mura antiche, praterie, terrazze. Tutto, pur di non interrompere una storia di millenni.

La quarantena sta per finire e io ho già paura del mondo. Paura di uscire, paura che non cambi nulla. Che la gente, invece di rallentare, acceleri ulteriormente per recuperare il tempo perduto. Paura che tutto resti come prima, anzi peggio. Ma se non cambiamo pelle, che senso avrà avuto tutto questo? Avevo deciso di non salire più su un aereo già l'estate scorsa, ma ora la pandemia mi ha dato la spinta definitiva. La quarantena è stata almeno una certezza, ora sembriamo tutti pronti e rassegnati a subire il caos dell'incertezza globale. Buchi nell'ozono e migrazioni di massa, maremoti e bolle finanziarie, siccità e fallimenti a catena, maree nere e povertà. Tutto perfettamente collegato: grandi opere inutili e ponti che crollano, nubi radioattive e pandemie, estati roventi e Stati di polizia, manipolazioni genetiche e inverni senza neve. Con una marea di furbi pronti a monetizzare anche l'apocalisse, dalla mafia alla moda. Il lutto dona, no? Per non parlare delle mascherine intonate al bikini. Se il sistema vuole continuare di questo passo, faccia pure. Voglio che, almeno per me, nulla resti come prima. Se quarantena è distacco dal mondo, forse la vera quarantena, per me, comincia ora.

Pare che il virus non abbia alcun interesse a uccidere le persone, perché morirebbe con loro. La cosa non mi tranquillizza affatto. Primo, perché il virus uccide lo stesso. Secondo, perché l'uomo è peggio del virus. Se a un microrganismo posso concedere le attenuanti, perché è cieco e non sa come andrà a finire, la razza umana lo sa perfettamente; eppure, porta egualmente il suo habitat al collasso. È chiaro come il sole che il capitalismo abbinato alla tecnologia, spingendo sulle monoculture, ci condanna alla desertificazione. Ma non c'è avvertimento che tenga. L'uomo, reso avido dal consumo, andrà avanti imperterrito, a depredare fino alla fine. Subirà altre pandemie, peggiori di questa. E alla fine morirà, come il Covid-19.

L'ombra del Capitano sulla tolda

Prima del tramonto, a ovest il cielo si è fatto buio. Nubi gonfie, nere come un polipo mostruoso che emerge dal mare e dirama i tentacoli verso la città. Poi si è levato il vento e i gabbiani si sono alzati ad altissima quota, a veleggiare. Lontano, verso il fronte italo-austriaco della Grande guerra, si udiva un cannoneggiamento di tuoni, mentre i cumulo-nembi, simili a una flotta di galeoni in battaglia, vomitavano fuoco. Dopo tre mesi di siccità, arrivava la pioggia. Solenne, senza venti anomali e senza quell'orribile atmosfera monsonica da riscaldamento globale. Erano anni che non assistevo a un vero temporale di primavera, di quelli col cielo che rimbomba, gli dèi che mettono in scena come un immenso trasloco, la terra che invoca acqua e le raffiche che spogliano i ciliegi dei loro fiori.

Mezza città era alla finestra a fotografare quella massa di grumi antracite che precipitavano sul porto, trascinandosi dietro sciarpe, tendaggi, sipari grigi. Poi la pioggia benedetta ha iniziato a tambureggiare, rinforzando, e ha acceso la musica delle grondaie e dei pluviali. Infine, un profumo forte di fiori di acacia, sambuco, frassino, pitosforo, ippocastano. Ma soprattutto di erba, umile erba secca che respira, persino tra le rotaie dei tram, sul bordo dei marciapiedi, nei sottopassi delle superstrade o nelle striminzite aiuole dei distributori di benzina.

È stato allora che ho percepito la presenza di una misteriosa creatura, un severo angelo custode che da chissà quanto tempo aveva preso ad accompagnarmi, impegnandosi a piallare via da me tutte le asperità e il superfluo, un'operazione di dolorosa falegnameria che mi avvicinava al nucleo di me stesso per sottrazione, non per accumulo, rendendomi consapevole che la vita, più che un arricchimento, è un alleggerimento dall'inutile. Quella creatura faceva anche molta attenzione a che tutte quelle vecchie ferite restassero bene aperte, non si cicatrizzassero mai e mettessero in luce quell'insufficienza profonda dell'anima che nasconde la parte migliore di noi, perché un vento nuovo potesse liberamente fecondarla, facendola penetrare dall'amore. Non bastava più sognare. Il sogno doveva farsi realtà, perché la realtà non schiacciasse il sogno. Stavo attraversando la cruna dell'ago, in un atto che era morte e al tempo stesso rinascita.

È allora che mi è presa, per la prima volta, un'autentica voglia di partire, andare ovunque, pur di rompere le catene, per qualche terra inesplorata, e di far perdere le tracce, lontano dalla Rete e dai centomila satelliti che ci spiano. Via dall'inferno dei Social, senza Pin, senza Hub, senza App, e tutti quegli altri odiosi monosillabi. Via, via, anche di notte, anche col temporale, anche in mare aperto, come sognavo da adolescente leggendo Conrad o Melville. Dovevo uscire. I libri sembravano incitarmi dagli scaffali, libri di viaggio che avevo sfinito a furia di immaginazione. E allora ho preso la porta, sono salito per le scale quasi di corsa fino al boccaporto del veliero nella tempesta, per uscire in coperta a ridurre le vele. Una, forse due mani di terzaroli servivano con quel vento. Lance di pioggia inchiodavano il ponte; i fulmini illuminavano i camini e le antenne, i cornicioni gorgogliavano come sentine e il tutto emanava qualcosa di sinistro, come un roteare di avvoltoi sopra le torri del silenzio degli Yazidi, sacre a Zoroastro.

Ma in fondo c'era un uomo, in gabbana di mare, tranquillo, quasi serafico. Stava seduto con la schiena appoggiata all'ultimo camino, quasi sull'orlo della murata del bastimento. Aveva la mano salda sulla barra e portava il suo vecchio berretto greco da marinaio. Era lui, il Capitano. Gli porsi del tè bollente in una tazza di acciaio smaltato e lui sorrise, come se il tempaccio non lo riguardasse. Disse: "Solo i marinai di acqua dolce pretendono sempre bel tempo e acqua piatta". Una pausa. "Da quel che capisco, so che non vinceremo mai. Ma so che anche gli altri non vinceranno mai. Ci sarà sempre qualcuno che vorrà suonare una buona musica anche se tutti gli strumenti fossero stati inceneriti per decreto." Un'altra pausa. "Qui è notte, ma da qualche altra parte del mondo sorgerà il Sole, *we dont'know when, we dont'kow where*. Al Nemico non regalo la mia diserzione, e nemmeno il mio scoramento."

Il vento ebbe un momento di incertezza, poi cambiò direzione, portò odore di terra e tutte le banderuole del tetto si girarono assieme. Si preparava il tempo giusto per salpare. Via da tutto. Irreperibili e corsari. Mai più la vita di prima.

Indice